1.

Kithic

Beltane, 1962, San Francisco

Aujourd'hui ma vie a changé, et je danse de joie ! Cet après-midi, nous avons célébré Beltane dans le parc du centre-ville : moi et tous les autres membres de Catspaw avons lancé des sorts merveilleux, là, devant tout le monde. Le soleil brillait, nous avons piqué des fleurs dans nos cheveux et nous avons enroulé nos rubans autour du mât de cérémonie. Puis nous avons joué de la musique avant d'appeler à nous une puissance qui nous a remplis d'une énergie lumineuse. Lorsque nous avons bu du vin de fleur de sureau, le monde nous a semblé magnifique. La Déesse était en moi : je sentais sa force vitale et ma propre puissance m'a abasourdie.

J'ai su alors que j'étais prête à me donner à un homme, je suis une femme maintenant. Soudain, j'ai croisé le regard de ce sorcier. Stella nous a présentés : il s'appelle Patrick, il vient de Seattle. Il appartient au cercle de Waterwind. Ce qui veut dire qu'il est un Woodbane, tout comme moi et les autres membres de Catspaw.

Je ne pouvais pas détacher mes yeux de lui, de ses cheveux châtains striés de gris et des fines pattes-d'oie qui entouraient ses yeux.

Puis il m'a souri et j'ai senti mon cœur chavirer. Lorsqu'il m'a tendu la main, je l'ai prise sans réfléchir. Il m'a emmenée à l'écart et nous avons parlé pendant des heures.

En ce moment, nous sommes chez lui. Il dort et moi je suis très, très heureuse. Lorsqu'il se réveillera, je lui dirai deux choses : « Je t'aime » et « Apprends-moi tout ce que tu sais ».

- SB

J'étais déjà venue une fois chez Sophie, avec Bridget, à l'époque où nous étions encore les meilleures amies du monde. Ce soir, c'est là que se tenait la réunion du samedi de Cirrus.

— Jolie baraque, a commenté Xavier, mon autre ami d'enfance, en regardant le jardin impeccablement entretenu et la grande maison de style colonial.

Le père de Sophie était un orthodontiste réputé pour sa clientèle de luxe. J'avais même entendu dire qu'il avait redressé les dents de Justin Timberlake.

— Tu l'as dit, ai-je répondu avant de m'engager dans l'allée.

Xavier était passé me prendre. Devant chez Sophie, j'ai reconnu les voitures des autres

Magie Blanche

Cate Tiernan

L'alliance des pouvoirs

Traduit de l'anglais (États-Unis)
par Aude Carlier

POCKET
jeunesse

Titre original :
Sweep 6. Spellbound

Publié pour la première fois en 2001
par Puffin Books, un département
de Penguin Putnam Books for Young Readers, New York.

Les citations ont été inventées par l'auteur. Toute ressemblance avec des œuvres déjà existantes serait purement fortuite.

Loi n° 49-956 du 16 juillet 1949 sur les publications
destinées à la jeunesse : juin 2007.

ISBN 978-2-266-12916-9

membres de notre cercle. Jeanne était déjà arrivée. Matthieu avait pris sa propre voiture, forcément, vu qu'ils n'étaient plus ensemble. J'ai aussi repéré les véhicules d'Étienne... et de Hans. J'ai frissonné, autant d'appréhension que d'impatience.

Avant de sonner, Xavier s'est tourné vers moi et m'a demandé comment je me sentais. Je m'apprêtais à prendre un air indigné pour lui dire que j'allais très bien, mais je me suis ravisée et je lui ai souri.

Ça ne servait à rien de lui mentir. Il avait été un des premiers à apprendre que j'étais une sorcière-née, que mes parents m'avaient adoptée et que je descendais des Woodbane – le clan maudit qui convoitait le pouvoir à tout prix. J'aurais préféré n'importe lequel des six autres clans – les Rowanwand, les Wyndekell, les Brightendale, les Burhnide, les Leapvaughn ou les Vikroth – mais non, il avait fallu que je sois une Woodbane : je portais leur marque, j'étais souillée.

Je ne m'étais pas tout à fait remise de ce qui m'était arrivé trois semaines plus tôt, et Xavier le savait : Bridget et lui m'avaient sauvé la vie alors que Nico, mon premier amour, essayait de me tuer. Xavier avait toujours été à mes côtés, il savait donc comment je me sentais à cet instant : nerveuse et vulnérable.

— J'espère que le cercle m'aidera à reprendre des forces, ai-je avoué.

Il a acquiescé et appuyé sur la sonnette.

— Salut ! a lancé Sophie en ouvrant la porte. Laissez vos manteaux dans le salon, on va s'installer dans la salle de réception pour avoir plus de place.

Lorsqu'elle a tourné les talons, ses éternels bracelets ont tinté autour de ses poignets. Vu la taille de son salon, déjà immense, je me suis demandé pourquoi on ne pouvait pas rester là. Cirrus ne comptait que sept membres. Xavier s'est penché vers moi et m'a murmuré avec un sourire :

— Une salle de réception ? Et pourquoi pas une salle de bal !

— Chhh, ai-je chuchoté en riant.

Soudain, j'ai senti un regard posé sur moi. J'ai fait volte-face : Hans se dirigeait vers moi. Le reste de la pièce s'est comme évanoui, et c'est à peine si j'ai vu que Xavier allait saluer quelqu'un.

— Tu fais tout pour m'éviter, a déclaré Hans doucement.

— Oui, ai-je reconnu, les yeux plongés dans son regard vert océan.

Je savais que, depuis notre dernière rencontre, il avait téléphoné au moins deux fois chez moi, mais je ne l'avais jamais rappelé. Quelques jours plus tôt, il avait dépossédé un ami à moi de ses pouvoirs magyques, et j'avais été l'un des témoins officiels de la cérémonie. Hans, le plus jeune membre du Conseil international des sorciers, était un Traqueur. Il avait donc dû arracher ses pouvoirs à David, un des vendeurs de *Magye Pratyque*, car ce dernier avait fait appel à la magye noire. Maintenant, David se trouvait en Irlande, dans un hospice dirigé par des Brightendale, où il résiderait le temps de réapprendre à vivre. Même s'il était bel et bien coupable, j'avais eu l'impression d'assister à une séance de torture et, depuis, j'avais du mal à trouver le sommeil.

Et ce n'était pas tout. Hans et moi, on s'était embrassés la veille de la cérémonie, et ce que j'avais ressenti pour lui m'avait étonnée... perturbée même. Nous savions tous deux que quelque chose nous poussait l'un vers l'autre, comme une force incontrôlable. Nous n'y avions pas encore cédé. Comme je n'arrivais pas à savoir ce que je voulais, j'avais adopté la meilleure des tactiques : je l'évitais.

— Je suis content que tu sois venue, m'a-t-il avoué d'une voix douce qui m'a rassérénée. Morgane... tu as vu quelque chose de terrible. Et crois-moi, ce n'était pas facile pour moi non plus. En fait, c'est de plus en plus difficile. Mais le Conseil en avait décidé ainsi... il fallait que je le fasse.

J'ai acquiescé sans rien dire.

— Tu sais, Morgane, quand une personne se tourne vers la Wicca ou, mieux, quand elle baigne dedans dès sa naissance, elle commence un voyage qui se passe le plus souvent sans encombre. Elle étudie pendant des années, s'entraîne à invoquer la magye et prend petit à petit conscience du cycle, du cercle, de la roue de la vie.

Un éclat de rire nous est parvenu de la « salle de réception ». En regardant par-dessus l'épaule de Hans, j'ai aperçu Étienne qui ouvrait une canette, et un autre garçon dont le visage me disait quelque chose. Comme il n'appartenait pas à notre cercle, je me suis demandé ce qu'il faisait là.

— Toi, a poursuivi Hans, tu n'as connu que des déboires. La Wicca a toujours été pour toi synonyme de traumatismes... Tu n'as pas eu la possibilité de saisir toute la beauté de la magye, d'apprécier la joie qu'elle apporte, le plaisir d'apprendre, d'en savoir toujours plus...

J'ai hoché la tête. Mes sentiments à son égard s'étaient radicalement transformés. Avant, je le haïssais ; maintenant il m'attirait, sans que je sache au juste qui de nous deux avait changé...

— Ce que je voulais te dire, c'est que tu es passée par des moments difficiles. Mais la magye peut t'aider. Et moi aussi... si tu veux bien.

Sur ces mots, il a rejoint les autres dans la pièce d'à côté et je l'ai entendu demander le silence.

Je comprenais mieux pourquoi Sophie avait voulu qu'on s'installe dans la salle de réception. Il y avait certes Cirrus au grand complet : Hans, qui présidait notre cercle, moi, Jeanne, Matthieu, Sophie, Étienne et Xavier. Mais nous n'étions pas seuls. J'ai aperçu Xavier qui discutait avec Bridget. Qu'est-ce qu'elle faisait là ? Elle appartenait à Kithic, le cercle rival qu'elle avait formé avec Rose et Ada, la cousine de Hans.

— Morgane, tu connais Simon ? m'a demandé une voix dans mon dos.

C'était Ada, justement, qui voulait me présenter le garçon que j'avais aperçu un peu plus tôt. Soudain, je me suis souvenue de lui : je l'avais vu à la soirée organisée quelques jours plus tôt par *Magye Pratyque*.

— Salut, a-t-il lancé.

— Salut, ai-je répondu en me tournant vers Ada. Qu'est-ce qui se passe? Qu'est-ce que vous faites là?

Elle avait l'air nerveuse, ce qui ne lui ressemblait pas.

— Hans et moi, on a une proposition à vous faire...

— Merci à vous tous d'être venus, a commencé Hans d'une voix forte. Dans cette salle, nous avons réuni deux cercles: Cirrus, qui compte sept membres, et Kithic, qui en a six: Ada, Bridget Warren, Rose Meltzer, Thalia Cutter, Simon Bakehouse et Alisa Soto.

— Hans et moi, a continué Ada, nous avons eu l'idée de fusionner les deux cercles.

À l'autre bout de la pièce, j'ai vu à l'expression de Bridget qu'elle non plus n'était pas au courant.

— Si nous nous regroupons, a expliqué Hans, Ada et moi présiderons les séances à tour de rôle, ce qui décuplera notre énergie et nos pouvoirs.

— En plus, le nouveau cercle aura treize membres, a repris Ada. Dans les arts magyques, le chiffre treize possède des propriétés spéciales. Un cercle de treize membres ne pourra être que plus puissant.

— Vous voulez qu'on fusionne? a demandé Jeanne en jetant un coup d'œil vers Rose.

Je me suis souvenue de ce qu'elle m'avait dit un jour: jamais elle n'accepterait d'appartenir au même cercle que Rose, qui avait tout fait pour lui piquer Matthieu. Puis son regard s'est posé sur Simon. Il lui souriait. Lors de la soirée chez *Magye Pratyque*, je les avais vus en train de discuter. Tant mieux, m'étais-je dit. Peut-être que son attirance pour Simon lui permettrait de passer outre à sa rancune contre Rose.

— Treize membres, ça fait beaucoup, a objecté Alisa, qui ne devait pas avoir plus de quinze ans. On se sent mieux en petit comité, on connaît tout le monde.

— Je vois ce que tu veux dire, a répondu Hans du ton qu'il prenait toujours pour me faire une leçon de logique. Et je suis d'accord avec toi, le côté intime est très important dans un groupe pour qu'on reste solidaires. Mais je t'assure, dans quelques mois, on appréciera tous d'être plus nombreux, on aura davantage d'amis et, par notre nombre, on sera plus forts.

Alisa a opiné sans grande conviction.

— Comment on fait ? a demandé Xavier. On organise un vote pour décider ?

— Oui, a répondu aussitôt Ada. Bien sûr, Hans et moi sommes persuadés que c'est la meilleure solution, mais c'est à vous de choisir.

Tout le monde s'est tu, attendant que quelqu'un prenne la parole. J'ai alors pris mon courage à deux mains et je me suis lancée :

— Je trouve moi aussi que c'est une bonne idée. C'est normal que nous nous unissions, que nous étudiions ensemble plutôt que chacun de notre côté. La magye peut parfois révéler ses côtés sombres et devenir dangereuse. Plus on compte d'alliés, mieux c'est, à mon avis.

Douze personnes m'observaient. Pendant dix-sept ans, j'avais été timide et réservée, et ceux qui me connaissaient depuis longtemps devaient s'étonner que je m'exprime soudain si facilement. Mais j'avais vécu tant de choses au cours du dernier mois que je n'avais plus assez d'énergie pour me sentir gênée en public.

— Je suis d'accord, a déclaré Bridget, brisant le silence qui avait accueilli mon intervention.

J'ai vu qu'elle me regardait chaleureusement, et nous nous sommes souri, comme au bon vieux temps.

Ensuite, tout le monde a voulu donné son avis en même temps et, au bout de vingt minutes, nous avons voté. La proposition a été acceptée : les deux cercles fusionneraient. Nous serions treize membres et nous garderions le nom de Kithic. J'espérais que la fin de Cirrus m'aiderait à surmonter le traumatisme que j'avais vécu avec Nicolas.

Nous avons formé ce que je considérais comme un « mini-cercle » : nous n'avons pas accompli tout le rituel. Nous sommes simplement restés debout, en cercle, en nous donnant la main, pendant que Hans et Ada nous faisaient faire des exercices respiratoires.

Puis Hans a déclaré :

— Comme certains d'entre vous l'ont déjà découvert à leurs dépens, la Wicca peut se révéler effrayante. (Il a jeté un œil vers moi.) Ce qui n'a rien de surprenant, quand on y pense, puisque nous possédons tous au fond de nous-mêmes la capacité de faire le bien comme le mal. Le cercle peut vous aider à supporter et à vaincre vos peurs. Plus vous en saurez sur vous-même, plus il vous sera facile d'entrer en contact avec la magye qui est en vous.

— Chacun à tour de rôle, a continué Ada, nous allons décrire notre plus grande peur. Thalia, tu commences.

Thalia était une grande fille, plutôt large d'épaules, dont les cheveux longs ondulaient jusqu'à la taille.

— J'ai peur de monter dans un bateau, a-t-elle confié en rougissant. Chaque fois, je panique à l'idée qu'une baleine renverse l'embarcation… et que je me noie. Même sur une barque, au milieu d'un petit étang, je perds tous mes moyens…

Matthieu a étouffé un ricanement, ce qui m'a profondément agacée.

Ensuite, c'était le tour de Xavier. Il a regardé Bridget avant de dire :

— J'ai peur de ne pas être assez patient pour obtenir ce qui me tient le plus à cœur.

Xavier et Bridget sortaient plus ou moins ensemble. Mais, alors qu'il l'aimait à la folie, elle restait prudente et ne semblait pas prête à s'engager sérieusement.

Bridget a baissé les yeux, ce qui n'a pas échappé à Thalia. Quelques semaines auparavant, j'avais entendu dire que cette dernière s'intéressait à

Xavier. Si Bridget ne faisait pas attention, Thalia risquait de lui piquer Xavier…

— J'ai peur d'être faible, a poursuivi Étienne, et de perdre quelqu'un de formidable.

Depuis qu'il sortait avec Sophie, il avait arrêté de fumer parce qu'il savait que ça la dérangeait. À ce moment-là, elle a levé les yeux vers lui et a dit simplement :

— Moi, je ne m'en fais pas pour ça. Ce qui me terrorise, c'est l'idée qu'un jour, je mourrai.

Ensuite, Jeanne a déclaré qu'elle avait peur de manquer de courage ; Raven, lui, ne craignait rien plus que de perdre sa liberté ; quant à Matthieu, il redoutait que personne ne le comprenne. J'ai eu envie de lui dire qu'il devait commencer par essayer de se comprendre lui-même, mais ce n'était ni le moment ni l'endroit.

— J'ai peur de ne jamais obtenir ce que je désire, a avoué Bridget d'une petite voix, les yeux rivés au sol.

— J'ai peur de l'amour non partagé, a murmuré Ada, le regard plus énigmatique que jamais.

— Moi, c'est le feu qui me terrifie, a dit Simon.

Ses mots m'ont fait sursauter. Mes vrais parents étaient morts brûlés vifs et Nicolas avait essayé de me tuer de la même manière lorsque j'avais refusé de rejoindre la conspiration de sa mère. Moi aussi, j'avais peur du feu.

— Je crains ma propre colère, a murmuré Alisa, ce qui m'a surprise parce qu'elle avait l'air très douce.

Puis ce fut mon tour. J'allais dire que, moi aussi, le feu m'effrayait, mais, je ne sais pas pourquoi, je me suis ravisée. J'ai senti les yeux de Hans posés sur moi, et j'ai eu l'impression qu'il braquait un projecteur sur les recoins les plus sombres de mon âme, me pressant de dévoiler ma peur la plus profonde.

— J'ai peur de ne jamais savoir qui je suis, ai-je fini par avouer.

Hans était le dernier à passer.

— J'ai peur de perdre d'autres personnes que j'aime, a-t-il déclaré d'une voix claire.

Mon cœur s'est serré. Son frère était mort à l'âge de quinze ans, assassiné par un taibhs – un esprit maléfique. Et ses parents avaient disparu depuis plus de dix ans, chassés par la vague noire, ce nuage de mort et de destruction qui avait réduit à néant de nombreux cercles, dont celui de mes vrais parents.

En levant la tête, j'ai vu qu'il me dévisageait et j'ai eu des frissons comme si l'air était soudain chargé d'électricité.

L'instant d'après, nous avons brisé le cercle : la séance était terminée. Je ne me sentais pas d'humeur à rester discuter avec les autres. Les événements de la semaine passée m'avaient affectée davantage que je ne voulais bien l'admettre. Heureusement, les vacances de Noël avaient commencé. Cela me permettrait de faire le point sur tout ce qui m'était arrivé depuis la rentrée.

J'ai attrapé mon manteau et je me suis approchée de Xavier (qui était en grande conversation avec Bridget) pour lui demander de me ramener. À ce moment-là, Hans s'est approché de moi et m'a murmuré à l'oreille :

— Tu veux que je te dépose ?

Comme Xavier avait visiblement envie de rester un peu seul avec Bridget, j'ai accepté.

2.

Sabotage

7 août 1968, San Francisco

Voilà plusieurs jours que je trie les affaires de Patrick. Ses funérailles ont eu lieu la semaine dernière : tous les membres de Catspaw sont venus, ainsi que quelques personnes de Waterwind. Je n'arrive pas à croire qu'il n'est plus...

Notre différence d'âge n'a jamais été un problème. C'était un homme magnifique qui m'aimait et m'a fait partager son savoir. Aujourd'hui, grâce à lui, mes pouvoirs sont dix fois plus étendus qu'avant.

Maintenant que Patrick est mort, sa maison et ses affaires me reviennent, et je me rends compte à présent qu'il pratiquait la magye noire. Il avait dû m'ensorceler pour que je ne me doute de rien. D'un côté, je comprends sa méfiance ; de l'autre, j'aurais préféré qu'il me fasse confiance...

J'ai découvert des livres dont j'ignorais l'existence, des livres qu'il m'avait cachés. Certains ont plus d'une centaine d'années, et je n'arrive pas à les déchiffrer. D'autres sont codés, et d'autres encore ensorcelés, si bien que, parfois, je ne peux même pas les ouvrir.

Grâce à un contre-sort, qui m'a demandé deux heures de concentration, j'ai réussi à ouvrir l'un de ces livres ; il recèle des sortilèges dont Patrick ne m'a jamais parlé : des sorts pour communiquer avec les animaux, pour transporter son énergie ailleurs, pour agir à distance sur les choses. Ce n'est pas de la magye noire en soi, mais les sorts de manipulation sont proscrits par le Haut Conseil. Aucun membre de Catspaw ne voudrait s'y frotter, même si ce sont tous des Woodbane. Moi, par contre, je ne vais pas hésiter une seconde. Pourquoi ne pourrais-je pas apprendre tout ce qu'il est possible de connaître ? Si ce savoir existe, pourquoi m'en priverais-je ?

- SB

La nuit, lorsqu'on se retrouve à deux dans une voiture, on a toujours l'impression d'être seuls au monde.

— Merci d'avoir soutenu notre proposition, a soudain déclaré Hans, brisant le silence.

— Je pense vraiment que c'est une bonne idée. J'aime autant savoir ce que font les autres et où ils se trouvent.

Il a émis un petit rire avant de secouer la tête.

— Tu es dure… Il faut que tu réapprennes à faire confiance à ton prochain.

Facile à dire… J'avais fait confiance à Nico, et j'avais failli en mourir. Et à David, qui avait lui aussi sa part d'ombre. Pourquoi donc étais-je incapable de voir le mal ? Était-ce mon sang Woodbane qui me l'interdisait ?

Et pourtant…

— J'ai confiance en toi, ai-je avoué même si je me sentais plus vulnérable encore après cette confidence.

Hans m'a alors regardée de ses yeux insondables. Sans un mot, il m'a pris la main. Sa peau était fraîche et la caresse de ses doigts sur les miens me semblait étrange, presque indécente. Alors que cela m'avait toujours paru naturel avec Nico.

J'avais dix-sept ans, et Nico avait été mon premier petit copain. Depuis que Hans m'avait embrassée, je savais que nous étions liés, mais nous ne sortions pas vraiment ensemble.

J'ai pris une profonde inspiration, essayant de ralentir les battements de mon cœur.

— Je sais que, pour apprivoiser la magye qui est en soi, il faut parvenir à une paix intérieure absolue, ai-je déclaré. Alors que je me sens si chamboulée…

— La magye n'est que paix et harmonie, elle est parfaite. Au contraire des hommes. Du coup, lorsqu'ils se frottent à la magye, cela crée des zones de flou. Mais toi, quand tu te sers de tes pouvoirs, qu'est-ce que tu ressens ?

J'ai repensé à mes sorts, à mes cercles personnels, à toutes les fois où j'avais lu dans le feu ou utilisé les instruments de Maeve, ma vraie mère.

— J'ai l'impression d'être au paradis, ai-je murmuré. Tout semble parfait.

— Tu vois, a-t-il lancé en serrant mes doigts. Tant que cela ne concerne que toi et la magye, tout va bien. Ce sont les autres qui brouillent les choses.

— Il n'y a pas que la magye, ai-je continué en essayant de ne pas prêter attention aux frissons que provoquait sa main posée sur la mienne.

Je ne savais pas comment lui dire que mes sentiments étaient eux aussi brouillés. Je sentais qu'il m'aimait bien, ce qui était réciproque. Mais comment pouvais-je m'intéresser à Hans, alors que, quelques semaines auparavant, j'étais follement amoureuse d'un autre ? Pourtant, c'était bien Hans qui me tenait la main à cet instant et qui, peut-être, allait m'embrasser tout à l'heure.

Soudain, il a pris un virage un peu serré, et je me suis retrouvée contre lui. Il a remis sa main sur le volant, et son contact m'a manqué aussitôt.

— Waouh, Hans ! Tu vas un peu vite, non ?

— Je n'y peux rien. Les freins ne répondent plus.

— Quoi ? ai-je fait en remarquant soudain son expression sérieuse et sa mâchoire crispée.

— Les freins ne répondent plus, a-t-il répété.

Nous étions dans une descente et nous allions aborder la portion de la route où les virages étaient les plus nombreux. Les panneaux indiquaient qu'il ne fallait pas rouler à plus de 30 km/h. Nous étions à 80.

Mon cœur s'est mis à marteler dans ma poitrine.

— C'est pas vrai ! Tu devrais peut-être rétrograder ? ai-je suggéré doucement pour ne pas le déconcentrer.

— Oui, mais j'ai peur qu'on dérape. Je pourrais couper le moteur.

— Si tu fais ça, le volant sera bloqué, tu ne pourras plus diriger la voiture...

— Tu as raison...

Le temps s'est comme suspendu. Pendant que Hans rétrogradait en faisant gronder le moteur, mille pensées tourbillonnaient dans ma tête. La route était verglacée. Nous avions bien mis nos ceintures, mais sa voiture était toute petite et ne nous protégerait pas en cas de choc. Mon cœur battait plus fort que jamais, mon sang s'était figé dans mes veines. Tandis que la voiture cahotait, je me suis agrippée à la poignée de la portière et mon pied s'est jeté sur une pédale de frein imaginaire. « Je suis trop jeune pour mourir, ai-je songé. Je ne veux pas mourir... »

Il avait réussi à revenir en troisième, et nous roulions à 65 km/h. Le moteur grondait toujours et la descente nous a redonné de la vitesse. Le visage de Hans était si pâle qu'on aurait dit du marbre. Puis nous avons négocié un virage, et puis un autre, et les pneus ont crissé affreusement.

Il a rétrogradé une nouvelle fois, ce qui a fait bondir la voiture, qui s'est mise à zigzaguer comme un cheval fou. Alors qu'on était ballottés de gauche et de droite, Hans a attrapé le frein à main et l'a relevé tout doucement. Ce qui n'a eu aucun effet. Soudain, il l'a tiré d'un coup vers le haut et la voiture a fait un nouveau bond avant de déraper en diagonale vers les arbres qui bordaient la route. En cas de choc, on n'avait aucune chance de s'en tirer. Toujours cramponnée à la portière, j'ai arrêté de respirer, attendant l'impact.

Hans est passé en première tout en braquant le volant, si bien qu'on a fait une série de tête-à-queue en plein milieu de la route, par chance déserte. Puis il a laissé la voiturer dériver vers le bas-côté et, lorsqu'il a jugé qu'on avait suffisamment ralenti, il a coupé le moteur. L'instant d'après, le véhicule s'est enfin arrêté, à vingt centimètres d'un énorme sycomore.

Après les crissements des pneus et les rugissements du moteur, seule notre respiration haletante brisait maintenant le silence de la nuit.

— Ça va ? m'a demandé Hans d'une voix tremblante.

— Oui, et toi ?

— On s'en tire bien, ça aurait pu être grave.

— T'as le chic pour minimiser les choses ! ai-je rétorqué. Tu veux dire que ça aurait pu être mortel ! Tu sais ce qui a pu se passer, avec les freins ?

— Aucune idée, a-t-il répondu en regardant par la vitre vers les bois sombres qui nous entouraient.

— On est à côté de la route de Riverdale, lui ai-je expliqué. On doit être à deux kilomètres de chez moi. Tu sais, c'est aussi par là que je me suis retrouvée dans le fossé avec Das Boot.

— On peut y aller à pied? s'est-il enquis en enlevant sa ceinture.

— Bien sûr.

Tandis que nous marchions côte à côte, j'ai gardé le silence. Hans déployait ses sens pour sonder les environs. Et là j'ai compris: il n'était pas sûr que les freins aient lâché tout seuls. Je l'ai imité, étendant mes sens au loin comme un filet pour qu'ils explorent les bois, l'air de la nuit et l'herbe morte sous la neige.

Je n'ai rien repéré. Hans non plus, à en juger par son expression un peu plus décontractée et son allure ralentie.

— Tu crois que cette portion de la route est ensorcelée? lui ai-je demandé en m'arrêtant soudain. C'est dans le même coin que j'ai eu mon accident. Et Nico et Selene…

— Nicolas et Selene ont quitté la ville, a-t-il commencé en posant ses mains sur mes épaules. Nous vérifions tous les jours, crois-moi. Le soir de ton accident, tu as cru voir des phares dans ton rétro, non? Et tu as senti une présence magyque? Ce n'est pas le cas, aujourd'hui. Il s'agit d'un simple pépin mécanique. Si tu veux bien, j'appellerai une dépanneuse de chez toi.

— Pas de problème, l'ai-je assuré tout en essayant de détendre mes muscles endoloris par la crispation. Ensuite, je pourrai te ramener.

— Merci.

J'ai senti qu'il hésitait, et je me suis demandé s'il n'allait pas m'embrasser. Mais il s'est redressé et nous avons repris notre route.

Le froid nous poussait à marcher vite et, à un moment donné, Hans m'a pris la main et l'a glissée dans sa poche avec la sienne. J'adorais le contact de sa peau contre mes doigts et j'avais très envie de le prendre dans mes bras. Mais je ne savais toujours pas ce que je ressentais vraiment pour lui... et je n'osais pas !

Comme s'il lisait dans mes pensées, il m'a soudain dévisagée. J'ai rougi et j'ai baissé la tête avant de forcer l'allure.

Quand nous sommes arrivés chez moi, il était déjà onze heures. Mes parents et ma sœur étaient en train de regarder un film dans le salon. Pendant que Hans appelait le dépanneur, je leur ai expliqué qu'on avait eu un petit problème de voiture. Lorsque je leur ai demandé si je pouvais ramener Hans chez lui, ma mère a soupiré :

— Bien sûr. Mais sois très prudente. J'ignore ce qui coince entre toi et les voitures, Morgane, mais je ne suis pas tranquille quand je sais que tu conduis...

— Je ferai attention, ai-je promis.

« Si elle savait ce qui m'est vraiment arrivé, ai-je pensé, elle aurait de bonnes raisons de s'inquiéter. » Il y avait d'abord eu cet accident étrange, lorsqu'une autre voiture m'avait fait sortir de la route. J'avais dit à mes parents que j'avais dérapé sur du verglas. Puis, pour leur expliquer mon parechocs déformé, je leur avais raconté que j'avais percuté un lampadaire. En fait, c'est Xavier qui s'était servi de Das Boot pour défoncer le mur du pavillon de jardin où Nicolas m'avait enfermée. Heureusement, ils m'avaient avancé l'argent pour les réparations.

Quand Hans et moi sommes arrivés devant ma voiture, mon cœur s'est serré: elle était certes réparée, mais tricolore! Le nouveau capot était bleu, alors que Das Boot était blanche. Sans parler des taches grises laissées par le mastic là où Bob le garagiste avait colmaté des trous... Il fallait vraiment que je la fasse repeindre.

J'ai ramené Hans à sa voiture. Quand le dépanneur est arrivé quelques minutes plus tard, Hans lui a raconté notre mésaventure. Le mécanicien n'a rien trouvé d'anormal... à part qu'il n'y avait plus de liquide de frein. Il a demandé à Hans de signer un papier et l'a averti qu'il remorquerait la voiture jusqu'au garage de Bob – là où j'emmenais toujours Das Boot en cas de besoin.

Alors que nous roulions vers chez lui, j'ai demandé à Hans ce qu'il pensait de ce qui était arrivé.

— C'est bizarre. J'ai acheté cette voiture la semaine dernière, pour remplacer celle que je louais, et j'ai tout fait vérifier. S'il y avait eu une fuite, Bob me l'aurait dit.

— Donc? ai-je insisté, sentant la peur m'envahir.

— Donc je n'en sais rien, a-t-il conclu en regardant par la vitre d'un air pensif.

Dix minutes plus tard, je me suis arrêtée devant la petite maison délabrée qu'il louait avec Ada. La voiture noire de Rose était garée à côté.

— Ça marche, entre Rose et Ada ? ai-je demandé.

— On dirait bien. Elles sont tout le temps fourrées ensemble. Je sais qu'Ada est une grande fille, mais j'ai peur qu'elle finisse par souffrir.

Son côté protecteur m'émouvait.

— Bon, a-t-il lancé en ouvrant la portière, sois prudente sur la route. En cas de problème, envoie-moi un message télépathique. Promis ?

— Promis.

— Je devrais peut-être te ramener avec la voiture de Ada…

J'ai levé les yeux au ciel, je ne voulais pas admettre que le trajet de retour m'inquiétait.

— Ça va aller, ne t'en fais pas.

— Non, attends, je vais chercher les clefs…

— Arrête un peu ! ai-je rugi. J'ai pris cette route des milliers de fois. Je t'appelle en cas de problème, point.

Il s'est rassis et a refermé la portière.

— Tu sais que tu es têtue, Morgane ? Écoute, je ne sais pas ce qui s'est passé avec ma voiture. Je t'ai dit que Nicolas et Selene n'étaient pas dans les parages ; en réalité, nous ne savons pas du tout où ils se trouvent ni ce qu'ils fabriquent. Tu pourrais vraiment être en danger.

— Ça va aller, ai-je répété. Arrête de t'inquiéter pour rien et laisse-moi rentrer chez moi.

Ma détermination me surprenait. M'étais-je jamais montrée aussi directe avec Nicolas ? Non, j'avais tellement voulu lui plaire que j'avais essayé d'être plus conciliante. Avec Hans, par contre, je me sentais libre d'être moi-même, de dire tout ce que je pensais, parce que je ne cherchais pas à l'impressionner.

Il s'est tourné vers moi et a posé sa main sur ma joue.

— Excuse-moi, Morgane. J'ai peur qu'il t'arrive quelque chose. Je voudrais te protéger, a-t-il expliqué avec un petit sourire. Tu ne peux pas m'en vouloir pour ça ?

Il s'est penché vers moi. Doucement, ses lèvres chaudes ont effleuré les miennes. Nous nous sommes embrassés avec passion, et je me suis sentie transportée sur une autre planète.

Puis il a rouvert la portière et a dit gentiment :

— On se voit demain. Sois prudente.

— OK, ai-je balbutié, la gorge serrée.

Je l'ai regardé marcher jusqu'à sa porte et j'ai failli le rappeler pour me jeter à son cou et le serrer fort contre moi. Soudain, il s'est retourné, et je me suis demandé une fois de plus s'il n'avait pas lu dans mes pensées. J'ai démarré, et je suis partie.

Avec les sorciers, on ne sait jamais...

3.

Partage

5 novembre 1968

Mon esprit assimile encore la masse d'infos que j'ai découvertes cette semaine.

Tout a commencé quand j'ai trouvé le deuxième livre des ombres de Patrick, celui qui concernait Turneval, l'autre cercle auquel il appartenait sans que je le sache. Alors que Waterwind ressemble à Catspaw – un cercle de Woodbane qui a renoncé à la magye noire – Turneval est bien différent... Quel gâchis ! Oh, Patrick, si seulement tu m'avais fait confiance !

Pensait-il que Turneval m'effraierait ? Il aurait dû savoir que j'étais ouverte à toutes les nouvelles expériences. Peut-être comptait-il m'en parler plus tard, ignorant que la mort l'emporterait si tôt...

Je ne le saurai jamais. Ah ! Comme j'aurais aimé appartenir à Turneval avec lui, comme j'aurais aimé qu'il m'apprenne ce qu'être une Woodbane signifie vraiment...

Pour Samhain, au lieu d'aller aux festivités de Catspaw, j'ai participé à un rituel de Turneval. D'abord, nous avons formé des cercles de pouvoir, avant d'invoquer la Déesse, comme nous le faisions avec Catspaw. Puis tout a changé. Les sorciers de Turneval connaissent des sorts ouvrant la voie vers une magye profonde – celle qui se trouve au cœur des êtres qui ne sont plus de ce monde. Pour la première fois, j'ai pris conscience de l'existence d'une source de pouvoir et d'énergie intarissable dont j'ignorais tout. C'était effrayant et fascinant à la fois. Bien sûr, je suis trop inexpérimentée pour puiser dans cette force, mais Hendrick Samuels, l'un des anciens de Turneval, s'y est livré corps et âme, et il s'est métamorphosé devant nos yeux. Par la Déesse, il s'est vraiment transformé ! Les récits sur la métamorphose ne sont pas pris au sérieux dans la plupart des cercles, pourtant, c'est possible. J'ai vu de mes propres yeux Hendrick se transformer en couguar... Il était magnifique. Je dois me rapprocher de lui pour qu'il me confie son secret.

- SB

— Ça n'embête pas tes parents que tu sèches la messe ? m'a demandé Bridget en sirotant son chocolat chaud.

On était dans un salon de thé bondé et, autour de nous, tout le monde papotait ou lisait le journal en buvant du café et en mangeant des pâtisseries.

— Si, ai-je admis. Ils préféreraient que je continue à aller à l'église, même si je pratique la Wicca.

— Et ce n'est pas possible ?

— C'est difficile, ai-je soupiré.

Elle a hoché la tête avant de croquer son cookie. Nous avons mangé en silence un instant. Petit à petit, nous réapprenions à être amies. Mais les choses ne seraient plus jamais comme avant. Enfin, c'était quand même sympa de pouvoir de nouveau discuter avec elle.

Elle était toujours aussi canon, même sans maquillage et vêtue d'un simple pull et d'un jean. Avant, comparée à elle, j'avais toujours eu l'impression d'être ultra-banale, avec ma poitrine inexistante, mon nez large, mes cheveux ternes et ma garde-robe lamentable. Aujourd'hui, malgré mon physique, j'étais surprise de me sentir forte, comme si la beauté de la magye en moi rejaillissait à l'extérieur.

Ensuite, on a parlé de Mary K., ma petite sœur de quatorze ans. J'ai expliqué à Bridget qu'elle ne se remettait pas de ce qui s'était passé avec Brice, son ex : par deux fois, il avait essayé de la forcer à coucher avec lui. Puis la conversation a dévié sur Xavier.

— Alors, tu vas lui briser le cœur ? l'ai-je raillée, mais nous savions toutes les deux que ma question était sérieuse.

— J'espère que non. Je n'ai pas envie de lui faire de la peine. Le problème, c'est qu'il va trop vite, tu vois ? Pour lui, je suis carrément la femme de sa vie…

— Tu dois bien éprouver des sentiments pour Xavier, sinon tu ne te prendrais pas la tête…

— Je sais, je sais, a-t-elle marmonné. Mais on se connaît depuis trop longtemps, tous les deux… Je ne suis pas sûre de moi. Et ça ne m'était jamais arrivé. D'habitude, je sais ce que je veux, et ce que je dois faire pour l'obtenir...

— Eh bien, bonne chance, ai-je soupiré. On se croirait en pleine saison des amours, tu ne trouves pas ? Il y a aussi Rose et Ada, Jeanne et Simon...

— Tu l'as dit ! s'est-elle exclamée en retrouvant le sourire. Rose et Ada... tu te rends compte ! Dire que Rose collectionnait les mecs...

— Justement, peut-être que c'est une fille qu'il lui fallait !

— Peut-être. Et tu crois qu'il y a quelque chose entre Jeanne et Simon ?

— Je pense. En tout cas, ils se tournent autour. J'espère que ça va se faire. Jeanne mérite d'être heureuse après ce que Matthieu lui a fait subir...

— Oui. C'est fou, tous ces changements d'un coup. À propos, toi et Hans, vous en êtes où ?

Je me suis étranglée en buvant mon chocolat et il m'a fallu une bonne minute pour arrêter de tousser. Pendant ce temps, Bridget me dévisageait, le sourcil interrogateur.

— Euh... j'en sais rien, ai-je finalement réussi à articuler.

— En tout cas, quand vous êtes ensemble, vous semblez faits l'un pour l'autre...

— Parfois, ai-je admis.

— Tu aimes toujours Nicolas ?

Entendre son nom, et surtout dans la bouche de Bridget, m'a serré le cœur. Elle aussi avait été amoureuse de lui. Ils avaient même couché ensemble avant que je ne sorte avec lui, mais j'avais compris que Nicolas l'avait fait exprès pour me séparer de ma meilleure amie. Pourtant, j'avais toujours du mal à digérer qu'elle l'ait connu de façon si intime, contrairement à moi.

— Il a essayé de me tuer, ai-je chuchoté.

— Je sais, a-t-elle répondu sur un ton plein de compassion. Et je sais aussi que tu l'aimais profondément. Maintenant, qu'est-ce que tu ressens pour lui ?

« Je l'aime encore. Mais quand je pense à lui, la rage et la colère m'aveuglent. Il me répétait qu'il m'aimait, que j'étais belle, que nous étions des âmes sœurs. Il m'a fait plus de mal que je ne pourrais l'exprimer. Il me manque, et je me déteste d'être si faible. »

Gardant ces réflexions pour moi, je me suis contentée de répondre :

— Je n'en sais rien.

Sur le parking, alors que j'ouvrais la portière de Das Boot, j'ai aperçu du coin de l'œil un garçon qui sortait du vidéoclub à côté du salon de thé. Je me suis tournée vers lui, et mon cœur a fait un bond dans ma poitrine. Tête baissée, il regardait le prospectus qu'il tenait à la main. Je n'avais pas besoin de voir son visage pour le reconnaître. J'avais tant de fois passé mes doigts dans ces cheveux ébouriffés… tant de fois embrassé cette peau douce… tant de fois contemplé cette silhouette athlétique…

Lorsqu'il a levé la tête, j'ai vu que ce n'était pas Nicolas… Juste un type que je n'avais jamais rencontré, aux yeux bleu clair et à la peau grasse. Je suis restée là, bouche bée, tandis qu'il passait devant moi en me regardant d'un drôle d'air.

Il m'a fallu un moment avant de retrouver mes moyens. Pendant tout le trajet jusqu'à chez moi, je n'ai pas cessé de vérifier dans mon rétroviseur si personne ne me suivait.

Un peu plus tard dans l'après-midi, le téléphone a sonné. Sachant que c'était Hans, je me suis ruée pour décrocher.

— Est-ce que je peux passer te voir? a-t-il demandé de but en blanc.

— Euh, si tu veux. Tu vas venir comment?

Silence. J'ai failli éclater de rire en comprenant qu'il n'avait pas pensé à ce problème.

— J'emprunterai la voiture d'Ada. Tes parents sont là? On pourra parler tranquillement?

— Oui, ils sont là. Alors, pour être tranquilles, il faudra rester dehors!

— Hein? Pourquoi on ne pourrait pas aller dans ta chambre?

« De quelle planète il débarque? »

— Cher monsieur, je vous rappelle que je vis chez mes parents et qu'ils n'apprécieraient guère que j'accueille des garçons dans ma chambre, pour la simple raison qu'il y a un lit dans cette pièce!

J'avais voulu plaisanter, mais, évidemment, l'image de moi et Hans sur mon lit m'a mis les joues en feu, et j'ai regretté d'avoir fait la maligne.

— Ah... Oui, bien sûr... J'ai vraiment besoin de

te parler en privé. Tu pourrais me rejoindre devant le petit parc près de l'épicerie ?

— Pas de problème, ai-je répondu. J'y serai dans dix minutes.

Il a raccroché sans un mot de plus.

Quand je suis arrivée au parc, il m'attendait près de la voiture d'Ada. Il a ouvert la portière de Das Boot et s'est assis à côté de moi. Il était tendu, manifestement de mauvaise humeur. Je n'avais pas besoin de voir l'expression de son visage ou ses poings serrés pour le deviner, je le sentais, c'est tout. Mes pouvoirs de sorcière se développaient de jour en jour : c'était à la fois merveilleux, et un peu effrayant.

— J'ai été au garage ce matin, a-t-il commencé. Non seulement il n'y a plus une goutte de liquide de frein dans la voiture, mais en plus la Durit a été sectionnée, juste au niveau du réservoir.

— Comment ça, « sectionnée » ?

— Bob m'a dit qu'il ne pouvait pas affirmer à cent pour cent que quelqu'un l'avait coupée. Par contre, comme tout allait bien la semaine dernière lorsqu'il a vérifié la voiture, il trouve étrange qu'elle ait pu s'user si vite.

— Tu as cherché des traces de magye ?

— Bien sûr, mais je n'ai rien trouvé, à part mes propres sorts de protection.

— Alors, qu'est-ce que ça signifie ? C'est un accident ? Le fait d'un simple humain, d'un sorcier, ou quoi ?

— Je l'ignore. Je ne crois pas à la thèse de l'accident. Je pencherais plutôt pour un sorcier parce que je n'ai pas d'ennemis chez les humains.

— Ce pourrait être Nicolas ? Ou Selene ?

— J'ai tout de suite pensé à eux, a-t-il admis. Mais je ne crois vraiment pas qu'ils soient dans le coin. Chaque jour, je fais un balayage de la zone, et je n'ai jamais rien trouvé. Certes, je n'ai pas le niveau de Selene, et ce n'est pas parce que je ne la sens pas qu'elle n'est pas là. Si tu étais plus puissante, on pourrait joindre nos forces...

— Je sais, ai-je lâché, trop effrayée par ses mots pour me vexer. Je ne suis qu'une débutante. Et Ada ?

— Nous l'avons déjà fait. Et toi, tu as le potentiel pour être plus forte que nous deux. Voilà pourquoi tu dois apprendre le plus de choses possible. Plus vite tu iras, plus tôt tu pourras nous aider, nous et le Haut Conseil. Tu pourrais peut-être même en devenir membre.

— T'as raison ! Comme si j'avais envie de jouer les chiens de garde ! Non merci !

Je me suis rendu compte trop tard que mes paroles pouvaient le blesser, lui qui travaillait pour le Conseil. Trop tard, le mal était fait.

Hans a pincé les lèvres avant de se détourner. Après un long silence, je me suis jetée à l'eau :

— Je suis désolée, ce n'est pas ce que je voulais dire. Je sais que ce que tu fais est très important. Trop important pour que j'aie envie de t'imiter. Ces derniers temps, j'ai déjà du mal à m'habiller toute seule, et je ne te parle même pas du reste. En ce moment, je me sens... dépassée par les événements.

— Je comprends, a-t-il répondu, à ma grande surprise. Tu as vécu des épreuves terribles. Et parfois j'oublie à quel point tout cela est nouveau pour toi. Mais tu as un tel talent ! Ça n'arrive peut-être qu'une fois par génération... Je ne veux pas te donner la grosse tête, tu dois pourtant comprendre à quel point tu vas devenir importante pour le monde de la Wicca. Tu as deux solutions : soit tu fais l'ermite et tu t'isoles pour étudier dans ton coin ; soit tu acceptes ton pouvoir et les responsabilités qui vont avec, et tu connaîtras toutes les joies et les peines qui en découleront.

Embarrassée, j'ai baissé les yeux.

— Je voulais te parler d'une chose, a-t-il continué. De la façon d'acquérir des tonnes de connaissances d'un coup. C'est le tàth meànma brach. C'est comme un tàth meànma, mais en plus fort.

— Comment ça ?

— On fait un tàth meànma avec un sorcier ou une sorcière dont le savoir est infiniment supérieur au sien, même s'il ou elle n'est pas forcément plus puissant. On joint nos esprits jusqu'au plus profond de nous-mêmes et on échange nos connaissances. C'est comme si on gagnait l'expérience accumulée par un autre durant toute sa vie.

— C'est incroyable ! me suis-je emballée. Bien sûr que j'ai envie de le faire !

— Attention, ce n'est pas une décision à prendre à la légère. Ça peut être dangereux, pour toi comme pour l'autre. Si l'un des deux n'est pas prêt ou si les personnalités sont incompatibles, les conséquences peuvent être sérieuses !

— Mais j'en saurais tellement ! Le jeu en vaut la chandelle !

— Ne te décide pas tout de suite. Je voulais juste t'en parler pour que tu y réfléchisses. C'est vrai que tu serais plus à même de te protéger de Selene et de sa clique. Ils n'ont sûrement pas dit leur dernier mot...

— Oui... Je préférerais savoir où ils se trouvent. J'ai toujours peur d'être suivie, d'apercevoir Nicolas ou Selene derrière moi...

— Moi aussi, voilà pourquoi nous devons nous montrer très prudents. Je vais renforcer les sorts de protection sur ta voiture, la mienne et celle d'Ada, ainsi que sur nos maisons. Je ne voudrais pas... qu'il t'arrive malheur – enfin, qu'il nous arrive malheur...

Nous avons gardé le silence, pensifs. Même si j'étais inquiète, la présence de Hans me rassurait. Tant qu'il serait à Widow's Vale, je me sentirais protégée. Mais je savais que, du jour au lendemain, le Conseil pouvait décider de l'envoyer ailleurs.

— Je ne sais pas combien de temps je vais rester ici, a-t-il soudain déclaré, comme si, une fois de plus, il lisait dans mes pensées. Peut-être un mois, ou un an. Ou plus.

L'idée qu'il puisse s'en aller m'était insupportable, mais je refusais de me demander pourquoi. Tout à coup, il a tendu la main vers mon visage pour écarter une mèche de cheveux, et mon cœur s'est mis à battre la chamade. Lorsqu'il s'est penché vers moi, j'ai senti son souffle sur ma peau. J'ai fermé les yeux en me laissant aller contre le dossier de mon siège.

— Tant que je serai là, a-t-il repris doucement, je t'aiderai et je te protégerai de mon mieux. Mais tu dois devenir forte, avec ou sans moi. Promets-moi que tu y travailleras.

Sans ouvrir les yeux, j'ai hoché la tête. Je ne pensais qu'à une chose : « Embrasse-moi ! »

L'instant d'après, il a posé ses lèvres chaudes sur les miennes, et j'ai glissé ma main sur sa nuque. L'image fugace de Nicolas a frôlé mon esprit avant que la lumière de Hans ne m'emporte complètement. Au plus profond de moi, j'ai senti quelque chose d'unique, comme le frôlement délicat d'une plume contre mon cœur. J'avais perçu l'essence même de Hans, nos âmes venaient de se toucher. Et la beauté de la Wicca m'a émerveillée.

4.

Le patchwork

2 mai 1969

Ma peau est fripée et mes cheveux sont poisseux et raides à cause du sel. Je suis restée deux heures dans le bain de purification, entourée de cristaux et de bougies à la sauge. Je peux chasser l'énergie négative de mon corps, mais je suis incapable d'effacer mes souvenirs.

La nuit dernière, j'ai vu un taibhs pour la première fois. Quand j'y repense, je tremble de tous mes membres. Tous les enfants élevés dans le cercle de Catspaw en ont entendu parler comme de méchants esprits qui dérobent l'âme des petits sorciers désobéissants. Jamais je n'avais cru qu'ils existaient vraiment. Je les prenais pour des vestiges du Moyen Âge ; je n'y croyais pas plus que je ne crois aux sorcières qui évolueraient sur des balais, à la présence de chats noirs à leur côté ni au bourgeonnement de verrues sur leur nez...

J'ai appris au sein de Turneval ce qu'il en était. J'avais choisi mes habits pour le rite : je voulais être plus magyque, plus belle et plus puissante que toutes les autres femmes présentes. On m'avait promis quelque chose de spécial, quelque chose que j'avais mérité après des mois d'études. Quelque chose dont je ne pouvais me passer si je voulais devenir membre de Turneval à part entière.

Ceux qui menaient le rituel ont commis des erreurs dans les limitations invoquées, dans l'écriture du sort, dans les cercles de protection... C'était la première fois que Timothée Cornell appelait un taibhs et il s'y est mal pris. Il en est mort.

Un taibhs ! Je n'arrive toujours pas à y croire. À la fois plus et moins qu'un être vivant, qu'un esprit : une masse sombre de pouvoirs et de voracité dotée d'un visage et de mains humaines, et de l'appétit d'un démon. Pendant le cercle, un froid étrange est tombé sur la pièce, comme si le vent du nord s'était levé autour de nous. Tremblante, j'ai regardé autour de moi : les autres avaient la tête baissée, les yeux clos. C'est là que je l'ai vu apparaître dans un coin, comme une tornade miniature qui aurait pris de l'ampleur jusqu'à devenir solide. Puis la chose s'est ruée vers Tim, brisant tous nos cercles de protection. Nous n'avons rien pu faire pour lui.

La scène était horrible à voir, et lorsque j'y repense, j'en ai la nausée...

Maintenant, je dois choisir ma voie : celle, si ennuyeuse, de la sécurité, que propose Catspaw, ou celle de Turneval, où s'entremêlent pouvoir et magye noire !

- SB

— Ouvre la fenêtre, cette odeur me rend malade, s'est plainte Mary K.

J'ai posé mon rouleau à peinture et j'ai obéi. Aussitôt, l'air glacé de l'hiver a pénétré dans la pièce, dissipant l'odeur aigre et chimique de la peinture. J'ai reculé d'un pas pour admirer ce que ma sœur et moi avions accompli : deux murs de ma chambre arboraient maintenant une jolie couleur café au lait. Les deux autres portaient toujours les rayures blanches et roses enfantines... J'ai souri, contente de la progression des travaux : j'étais en train de changer, et ma chambre changeait en même temps que moi.

— Je ne comprends pas ce qui t'a pris, a déclaré ma sœur. L'année prochaine, tu rentres à l'université, non ? Tu ne vivras plus là, sauf bien sûr si tu trouves une fac dans le coin...

— Je sais, mais ce rose me sortait vraiment par les yeux !

— Morgane... tu te rappelles quand je t'ai demandé si toi et Nicolas aviez couché ensemble ? interroge-t-elle soudain, ce qui m'a presque fait lâcher mon rouleau.

Comme toujours, mon cœur s'est serré en entendant ce prénom.

— Oui, et alors ?

— Eh bien... vous l'avez fait ?

J'ai pris une grande inspiration et j'ai compté jusqu'à dix avant de souffler. Je me suis concentrée sur ma tâche : éviter de déborder et de faire des gouttes.

— Non, ai-je fini par articuler. Jamais.

— Et avec Hans ? a-t-elle insisté en me regardant du haut de l'échelle où elle avait grimpé.

— Quoi, avec Hans ?

— Tu crois que vous allez le faire ?

— Mary K. ! ai-je rugi, sentant le rouge me monter aux joues. On ne sort même pas ensemble ! Parfois, c'est à peine si on arrive à discuter tellement on ne s'entend pas !

— C'est toujours comme ça que ça commence, a-t-elle conclu, comme si elle était une experte en la matière.

Nous avons fini à l'heure du déjeuner. Pendant notre pause sandwich, j'ai été frappée par sa mine préoccupée : elle ressassait toujours ce qui s'était passé avec Brice.

— Hé ! Tu as des projets cet après-midi ? lui ai-je demandé, me disant qu'on pourrait se faire une sortie entre frangines, un ciné ou une séance de shopping.

— Pas grand-chose. Je pensais aller à la messe de trois heures.

— Quoi ? ai-je gloussé. Tu veux aller à l'église un lundi ? Qu'est-ce qui t'arrive ? T'as décidé de devenir bonne sœur ou quoi ?

— Non, a-t-elle répliqué avec un petit sourire. C'est juste que... tu sais, avec tout ce qui s'est passé, j'ai besoin de soutien. De réconfort. Et à l'église, je me sens mieux.

Ne sachant quoi répondre, j'ai mordu dans mon sandwich. Quand le téléphone a sonné, je me suis dépêchée d'avaler ma bouchée avant d'aller décrocher.

— Salut, Hans, ai-je dit avant même qu'il ait eu le temps d'ouvrir la bouche.

— J'aimerais qu'on se voie, a-t-il déclaré sans dire bonjour, comme à son habitude. Il y a une brocante, à une demi-heure de voiture d'ici. Ça te dirait d'y aller ?

— Une brocante ? ai-je répété alors que ma sœur me dévisageait. Hans, est-ce que c'est un rendez-vous galant ?

Mary K. s'est redressée, soudain très intéressée par la conversation. Je lui ai fait un clin d'œil.

Comme Hans ne répondait pas, j'ai poursuivi :

— Tu sais, ça ressemble drôlement à un rendez-vous... À moins qu'on se voie pour un déjeuner d'affaires, l'ai-je raillé.

Mary K. pouffait dans ses mains.

— On est juste des amis qui se retrouvent, a-t-il rétorqué. Je ne vois pas le problème.

— Tu as invité les autres ?

— Non.

— Et tu n'appelles pas ça un rendez-vous ?

— Bon, tu veux venir ou pas ? a-t-il lâché d'un ton sec pendant que je me mordais la lèvre pour ne pas rire.

— Mais oui, ai-je répondu avant de raccrocher. Mary K., je crois que Hans vient officiellement de me demander de sortir avec lui !

— Waouh !

Je suis montée à l'étage à toute vitesse pour me préparer. Sous la douche, je me suis demandé comment, alors que ma vie était si stressante et même parfois effrayante, j'arrivais à me sentir si heureuse.

Hans est venu me chercher avec la voiture d'Ada vingt minutes plus tard.

— Pourquoi tenais-tu tant à savoir si c'était un rendez-vous ou pas ? m'a-t-il interrogée en cours de route.

— Je voulais savoir où on en était, ai-je répondu, sincère.

Il a tourné la tête vers moi et, une fois de plus, sa beauté m'a laissée sans voix. Des images de nos rares baisers me sont revenues, m'obligeant à détourner le regard pour ne pas rougir.

— Et à ton avis, où on en est ? s'est-il enquis.

— Oh... je ne sais pas trop, ai-je avoué d'un ton embarrassé.

Hans m'a pris la main et l'a portée à ses lèvres.

— Moi, je veux ce que toi tu veux, a-t-il conclu en regardant la route.

— Alors, je te le dirai quand je le saurai...

Comme c'était le dernier jour de la brocante, il ne restait plus grand-chose. Mais j'appréciais cet après-midi en compagnie de Hans, cet après-midi sans magye. À l'un des stands, j'ai trouvé une boîte en bois sculpté pour ma mère, ainsi qu'un vieux baromètre en cuivre pour mon père. C'étaient toujours deux cadeaux de Noël à barrer de ma liste ! La fin de l'année arrivait à grands pas et je n'avais encore rien prévu. Notre cercle devait se réunir pour Yule – l'équivalent de Noël pour les sorciers. Heureusement, on n'était pas censés s'offrir de cadeaux.

Soudain, Hans m'a fait signe de le rejoindre à un autre stand.

— Regarde ça, m'a-t-il lancé en pointant du doigt une collection de patchworks.

Il a attiré mon attention sur un modèle orné d'un motif circulaire.

— Un pentacle, ai-je chuchoté en caressant l'étoffe colorée du bout des doigts. Une étoile dans un cercle. Magnifique !

J'ai jeté un œil vers la vieille vendeuse, mais mes sens m'ont dit qu'il ne s'agissait pas d'une sorcière.

Hans a pris le patchwork, a sorti quelques billets de son portefeuille et les a tendus à la dame, puis nous nous sommes dirigés vers la voiture.

— Il est très joli, ai-je déclaré. Je suis contente que tu l'aies acheté. Tu vas le mettre où ?

À peine étions-nous montés dans la voiture qu'il m'a tendu le sac.

— C'est pour toi. Je l'ai acheté parce que je voulais te l'offrir.

L'air autour de nous s'est mis à crépiter, et je me suis demandé s'il s'agissait d'électricité magyque ou d'attirance réciproque.

— Tu es sûr ?

— Oui. Parfaitement sûr.

— Merci, ai-je murmuré.

Il a démarré et nous sommes restés silencieux jusque devant chez moi. Avant de repartir, il a déposé un léger baiser sur mes lèvres. Je n'ai même pas eu le temps de lui dire au revoir.

5.

Une lueur

17 mai 1970

Le printemps est enfin arrivé au pays de Galles, où je suis les enseignements de Clyda Rockpel depuis maintenant six mois.

J'avais découvert son nom dans l'un des livres scellés de Patrick, et j'avais tout de suite décidé d'aller la trouver pour qu'elle m'enseigne son savoir. J'ai dû camper deux semaines devant sa porte avant qu'elle accepte ne serait-ce que de me parler. Aujourd'hui, je suis son élève et j'absorbe ses leçons comme la terre desséchée l'eau de pluie.

Elle me terrifie parfois, mais ses pouvoirs immenses et sa connaissance de la magye noire me rappellent pourquoi je suis venue auprès d'elle. Je veux apprendre tout ce qu'elle sait, devenir aussi puissante qu'elle, et rien ne pourra plus m'arrêter.

- SB

Le mardi matin, Mary K. et moi avons attaqué les finitions dans ma chambre. L'après-midi, je l'ai persuadée de venir faire du shopping avec Bridget et moi. Même si elle désapprouvait notre destination – *Magye Pratyque* –, l'envie de passer du temps avec nous l'a emporté.

— Ah, j'adore les vacances de Noël ! s'est exclamée Bridget en traversant le centre-ville de Widow's Vale au volant de Bridzy, sa superbe voiture de sport. On peut se promener alors que tous les idiots travaillent...

— Tu sais, un jour, nous aussi on travaillera comme ces « idiots », lui ai-je rappelé.

— Pas moi. J'épouserai un homme riche et je me ferai entretenir.

— Tu rigoles ! ? a pouffé Mary K. depuis la banquette arrière. Tu n'attends rien d'autre de la vie ?

— Hé ! Je plaisantais ! Remarque, je ne sais pas encore ce que je vais faire, mais il y a pire que finir femme au foyer, non ?

— Arrête, Bridget ! ai-je lancé en riant. Tu ne tiendrais pas deux semaines avant de péter les plombs !

— C'est pas faux... Et vous, ça ne vous tenterait pas ?

J'ai ricané. J'avais toujours pensé que je deviendrais chercheuse, mais maintenant je savais que ma vie tournerait autour de la Wicca et de la sorcellerie. Le reste importait peu.

— Non, a répondu ma sœur. Moi, de toute façon, je ne veux pas me marier.

Son ton m'a poussée à me tourner vers elle : ses yeux reflétaient une grande tristesse et ses traits étaient tirés. J'ai regardé Bridget du coin de l'œil, et j'ai vu qu'on se comprenait sans se parler, comme au bon vieux temps.

— J'ai entendu dire que t'avais largué Brice, a lancé Bridget en regardant Mary K. dans le rétro. T'as bien fait. C'est un abruti.

Ma sœur n'a rien répondu.

— Tu sais qui est super-craquant, dans ta classe ? a-t-elle poursuivi. Andy Machinchose...

— Andy Hales ?

— Ouais ! Il est trop mignon !

J'ai levé les yeux au ciel. On pouvait compter sur Bridget pour repérer les petits nouveaux... Comme Mary K. s'est contentée de hausser les épaules, mon amie n'a pas insisté. Elle s'est garée devant la boutique et nous avons dû affronter l'air glacial de décembre avant d'atteindre la porte.

Je n'étais pas revenue depuis la nuit où Hans avait passé le braigh à David. À voir l'expression d'Alyce, j'ai compris qu'elle aussi éprouvait encore de la peine. David et elle étaient très proches. Avant de quitter les États-Unis, il lui avait cédé la boutique.

Elle s'est avancée vers moi et m'a prise dans ses bras. Puis nous nous sommes lancé un long regard de connivence. L'instant d'après, elle saluait Bridget et Mary K.

Je me suis dirigée vers le coin librairie, tandis que ma sœur allait voir les bijoux et Bridget les accessoires magyques. Une poignée de minutes plus tard, Alyce m'a rejointe pour me recommander quelques ouvrages.

— Alyce ? On met tout le stock sur les rayonnages ou bien on en garde une partie dans la réserve ? a soudain demandé une voix masculine.

Un homme roux d'une cinquantaine d'années se dirigeait vers nous, un carton rempli de bougies à la main.

— D'habitude, j'en mets le plus possible en exposition, a répondu Alyce. Finn, je te présente Morgane.

— Ravi de faire ta connaissance, a-t-il déclaré.

— Finn me donne un coup de main dans la boutique, m'a expliqué Alyce.

— Tu étudies avec qui ? s'est-il renseigné.

— Euh... pour le moment, j'étudie beaucoup seule, et un peu avec Hans O'Neal.

— Le Traqueur ?

— Oui.

— Tu es Morgane Rowlands ?

— Oui, ai-je confirmé en jetant un œil vers Alyce.

Finn a fait mine d'ajouter quelque chose, puis il s'est ravisé et est reparti avec ses bougies. Ensuite j'ai entendu Bridget lui demander des renseignements sur les huiles essentielles. De son côté, Mary K. essayait une paire de boucles d'oreilles.

— J'ai bien peur que tu ne sois devenue célèbre, m'a alors expliqué Alyce. Je suis désolée si Finn t'a embarrassée... Tu dois savoir que ton histoire est déjà connue parmi les sorciers. Et ils sont curieux...

J'ai soupiré... Moi qui aimais passer inaperçue...

— Alors, Hans s'occupe de ta formation ? Il t'a parlé du tàth meànma brach ?

— Oui, ai-je répondu, surprise du changement de sujet. J'ai très envie d'essayer, même si c'est dangereux... Vous accepteriez de le faire avec moi ?

Elle a plongé ses yeux au plus profond des miens. Je ne savais pas quel âge elle avait – cinquante ans, peut-être – mais je voyais dans son regard un savoir infini. Un savoir dont j'avais un besoin maladif...

— J'y réfléchirai, ma chérie. Je veux d'abord en parler avec Hans.

— Merci.

— On y va ? a soudain lancé Bridget.

Elle avait déjà payé ses achats et nous attendait, ma sœur et moi. J'ai demandé à Mary K. si elle voulait prendre les boucles d'oreilles. Comme elle a secoué la tête, je me suis dit que je les lui offrirais pour Noël.

Il faisait déjà nuit quand on est sorties de la boutique. Sur le chemin du retour, Mary K. a lâché :

— Je ne comprends vraiment pas pourquoi vous aimez tant ce magasin.

— Tu ne trouves pas que c'est un endroit génial ? a rétorqué Bridget. Même si je ne m'intéressais pas à la Wicca, je viendrais quand même regarder les bougies, l'encens et les bijoux...

— Si tu le dis...

Je voyais à l'expression de ma sœur qu'elle était tiraillée. Elle n'osait pas avouer qu'elle appréciait *Magye Pratyque* – l'antre des sorcières! – parce qu'elle craignait de trahir sa foi et nos parents.

En regardant par la vitre, j'ai compris que Bridget avait pris le chemin le plus court vers chez elle… Nous allions donc passer devant chez Nicolas… Plus on s'approchait, plus mon cœur s'affolait. Je n'étais pas revenue dans le quartier depuis que j'avais failli mourir brûlée vive dans le pavillon de jardin, et l'idée de revoir ces lieux me donnait des sueurs froides.

— Je suis désolée, a murmuré Bridget lorsqu'elle a vu où nous étions.

J'ai dégluti, sans répondre, la main crispée sur la poignée de la portière, la respiration haletante. « Détends-toi, voyons, détends-toi. Ils sont partis. Hans vérifie tous les jours… Ne t'inquiète pas, ils sont partis. Ils ne peuvent pas te faire de mal. »

Quand nous sommes enfin passées devant la maison, je n'ai pas pu m'empêcher de la regarder. Elle semblait abandonnée – un lieu interdit. Je me suis souvenue de chaque pièce et des tonnes de souvenirs qui y étaient liés : la grande cuisine de Selene ; l'immense salon avec la cheminée, où Nicolas et moi nous nous étions embrassés sur le canapé ; la bibliothèque secrète ; la chambre de Nico, qui occupait tout l'étage, où nous avions tant partagé… Et le pavillon de jardin…

Ces images m'ont donné le tournis, mais je n'ai pas réussi à détourner la tête. Soudain, j'ai aperçu une lueur derrière une fenêtre, comme la flamme d'une bougie. L'instant d'après, elle avait disparu. J'ai guetté la réaction de Bridget, mais elle n'avait pas quitté la route des yeux. À l'arrière, Mary K. avait le regard dans le vide, et la tristesse donnait à son visage un air plus enfantin qu'à l'accoutumée.

— Vous avez..., ai-je commencé avant de me taire.

Étais-je sûre de moi ? Je le pensais. Mais je ne gagnerais rien à leur en parler... Mary K. s'inquiéterait et Bridget ne saurait pas quoi faire. « Si seulement Hans était là », ai-je soupiré, avant de songer à tout ce qui arriverait s'il était au courant : une enquête en profondeur, des soucis, des ennuis, la peur...

Soudain, je n'étais plus si sûre de moi.

— On a quoi ? a répété Bridget.

— Non, rien, ai-je marmonné.

J'avais dû m'imaginer des choses. Nicolas et Selene étaient partis. Pour toujours.

6.

La lueg

18 mars 1971

À l'âge de vingt-sept ans, je viens de passer la Grande Épreuve. Il m'a fallu quatre jours pour m'en remettre, et pouvoir de nouveau m'asseoir dans mon lit. Clyda pensait que j'étais prête, et j'étais si impatiente que je n'ai pas écouté les mises en garde des autres.

La Grande Épreuve. Les mots me manquent pour la décrire; y repenser me donne envie de pleurer. La plupart des gens qui la subissent s'y sont préparés pendant des années. Mais je ne voulais pas attendre davantage...

Le rituel s'est déroulé au sommet de la Tour des Vents, près des Anciennes Pierres laissées par les druides. En contrebas, j'entendais les vagues se fracasser contre les rochers, suivant un rythme ancestral. C'était une nuit sans lune, aussi noire, me semblait-il, que le bout du monde. Nous étions trois: Clyda, un autre sorcier gallois et moi. À minuit, je me suis dévêtue et nous avons débuté le rituel: Clyda m'a tendu la coupe. J'ai regardé son contenu, terrifiée à l'idée de boire le Vin des Ombres. Pour réussir la Grande Épreuve, il fallait simplement que je survive. J'ai pris la coupe d'une main tremblante et je l'ai vidée d'un trait.

Les deux autres se sont assis près de moi, pour m'empêcher de me jeter de la falaise. J'ai prononcé tous les sorts de pouvoir et de force que je connaissais, puis j'ai senti les premiers picotements de douleur gagner le bout de mes doigts. Ainsi que le reste de mon corps.

La nuit fut longue... très longue.

Me voilà de l'autre côté, bien vivante. Je suis épuisée tellement j'ai jeûné et vomi, mais j'ai réussi et je sens déjà la différence: j'étais juste puissante, alors que maintenant j'incarne une force de la nature, comme si le vent, la pluie, la lave coulaient dans mes veines. Je ne suis plus que magye et, d'un simple claquement de doigts, je peux décider de la vie ou de la mort. Dans quelque temps, je serai comme une Déesse foulant la terre: les autres me suivront et je fonderai une dynastie de sorciers qui révolutionneront la Wicca.

- SB

— Alors, si ta mère arrive, qu'est-ce que je risque? m'a demandé Hans en arrivant chez moi le lendemain. Tu crois qu'elle va me frapper avec une poêle?

— Seulement si elle est de mauvaise humeur, l'ai-je raillé. Enfin, on aurait été plus tranquilles chez toi.

— Je sais, mais je voulais laisser la maison à Ada et Rose.

— Ça devient sérieux, entre elles ?

— Je ne suis pas venu pour jouer les concierges ! s'est-il exclamé d'un air guindé. Bon, si on allait dans ta chambre ? La cuisine ne se prête pas vraiment à nos leçons de magye.

— Euh..., ai-je fait, ne sachant comment lui expliquer que, chez nous, les garçons n'avaient pas le droit de visiter l'étage.

— Tu m'as dit que tu avais fabriqué un autel. J'aimerais bien le voir, a-t-il insisté.

Nicolas n'était venu qu'une fois dans ma chambre. Et encore, il n'était resté qu'une minute, le temps de me donner de l'arnica pour soigner mon nez cassé. Pourtant, même dans ces conditions, ma mère n'avait pas réussi à se décontracter.

— Allez, Morgane. C'est pour travailler. Promis, j'essayerai de ne pas me jeter sur toi, si c'est ce dont tu as peur.

J'en suis devenue rouge d'embarras.

— Je plaisantais, voyons. Bon, recommençons depuis le début : veux-tu bien me montrer l'autel que tu as installé dans ta chambre ? Si tes parents arrivent, je jetterai un sort de diversion et je m'en irai discrètement, d'accord ? Je ne cherche pas à t'attirer des ennuis.

J'ai cédé. En arrivant dans ma chambre, j'étais bien contente de la nouvelle décoration. J'ai sorti la vieille malle – qui me faisait office d'autel – de ma penderie, et je l'ai recouverte de l'étole violette et des quatre objets qui symbolisaient les éléments.

Mon petit lit me donnait l'impression d'occuper toute la pièce et j'ai une nouvelle fois rougi à l'idée de m'y allonger près de Hans.

— C'est un autel rudimentaire, ai-je déclaré en regardant mes pieds. Je dois pouvoir le cacher facilement.

Hans a hoché la tête.

— Il est parfait. Bravo.

J'ai rangé la malle et le reste dans ma penderie. Je me suis demandé si nous allions redescendre, mais il s'était déjà assis sur mon lit. J'avais envie de me jeter dans ses bras et de l'embrasser avec une violence que je n'avais jamais connue avec Nico. Je me suis retenue en priant pour qu'il n'ait pas, comme à son habitude, lu dans mes pensées.

— Tu as commencé à apprendre les noms véritables ? s'est-il enquis.

— Un peu, ai-je avoué en m'asseyant sur le siège de mon bureau, soulagée qu'il n'ait rien remarqué.

À cet instant, Mary K. a frappé à la porte et a ouvert sans attendre de réponse. Elle s'est figée, bouche bée, en voyant Hans assis sur mon lit. Ce dernier affichait un grand sourire, comme si la situation l'amusait beaucoup.

— Il va falloir qu'on installe un verrou à cette porte, a-t-il lancé en riant.

Ma sœur a écarquillé les yeux, et j'ai soudain eu envie de disparaître dans un trou de souris.

— Je suis désolée, s'est excusée ma sœur. Je voulais juste te demander un truc... euh, rien d'urgent...

J'ai voulu la retenir, mais elle était déjà repartie. Hans arborait toujours la même expression hilare.

— J'ai l'impression d'être un renard dans un poulailler ! Ça fait du bien à mon ego !

— Comme si ton ego avait besoin de ça, ai-je rétorqué.

Il n'a pas relevé et a repris la conversation là où nous l'avions laissée. Je lui ai récité les listes de noms de fleurs et de plantes que j'avais apprises, et j'espérais bien l'avoir impressionné. Si l'on connaissait les noms véritables des plantes et des autres composants, on pouvait les trouver plus facilement, s'en servir pour lancer des sorts et augmenter ou diminuer leurs propriétés.

Soudain, j'ai perçu quelque chose – une présence ? – qui n'avait rien à voir avec moi ou Hans, quelque chose qui me cherchait.

— Tu le sens ? ai-je chuchoté.

Il a acquiescé en silence, la mâchoire crispée. Lentement, je me suis dirigée vers lui, et il m'a pris la main. Côte à côte sur le lit, nous avons déployé nos sens pour tenter de découvrir de qui il s'agissait.

Alors que je commençais à entrevoir une silhouette et une énergie particulière, la présence a disparu, soufflée comme la flamme d'une bougie.

— Voilà qui est intéressant. Tu as pu l'identifier ? m'a demandé Hans.

J'ai secoué la tête tout en dégageant ma main de la sienne. Il a regardé nos doigts comme s'il ne s'était pas rendu compte que, l'instant d'avant, ils étaient entrelacés.

J'ai alors compris que je devais lui parler de la lueur que j'avais vue la veille au soir chez Nicolas.

— Pourquoi tu ne me l'as pas dit tout de suite ? s'est-il emporté.

— C'était hier soir ! ai-je plaidé en me levant d'un bond. Et... je ne savais pas quoi faire. J'avais peur de me faire des idées. Je ne voulais pas devenir paranoïaque.

— Mais pourquoi attendre pour m'en parler ? À moins que tu n'aies eu une bonne raison...

— Bien sûr, ai-je lâché sur un ton sarcastique. Je suis de mèche avec Nicolas et Selene et je voulais te cacher que j'étais tombée du côté obscur !

À voir sa tête, on aurait cru que je venais de le gifler. Il s'est levé à son tour en me toisant, le visage rouge de colère. Il m'a agrippée par les épaules, mais je me suis dégagée d'un mouvement rapide.

— Ne t'avise pas de plaisanter avec ça, Morgane. Ce n'est pas drôle. Comment tu peux dire une chose pareille alors que tu as vu ce qui est arrivé à David ?

Il avait raison, j'avais été idiote de crâner. Il s'est écarté d'un pas et s'est passé la main dans les cheveux.

— Tu sais, Morgane, il n'y a que toi qui arrives à me mettre en colère. Dans la vie de tous les jours, dans mon travail, jamais je ne perds mon calme… Quel est ton secret ?

— Je crois qu'on a le don de s'énerver l'un l'autre, parfois, ai-je répondu en me rasseyant à mon bureau.

— Tu le penses sérieusement ? Bon. Retournons à nos moutons. Je crois que tu as réellement vu quelque chose là-bas. Selene avait lancé des tas de sorts de protection, de confusion et de blocage sur sa maison. Un membre du Haut Conseil m'a aidé à sceller la maison et à dissiper l'énergie négative, mais nous n'avons pas dû en faire assez.

— Tu crois qu'ils sont revenus ?

— Je n'en sais rien. Je ne vois pas comment ils auraient pu entrer, mais c'est possible. Il va falloir que je vérifie tout ça.

On pouvait s'y attendre. Hans était un Traqueur. Avec effroi, j'ai soudain compris que je n'avais pas voulu lui en parler au cas où il se serait bel et bien agi de Nico. Malgré le mal qu'il m'avait fait, je ne voulais pas que Hans s'en prenne à lui. Je ne supportais pas l'idée que Nicolas puisse endurer le même châtiment que David.

— Écoute, a poursuivi Hans d'un air grave. On va unir nos énergies pour lancer un sort de divination.

Il a pris un petit paquet violet dans son sac à dos, l'a ouvert et en a sorti une grande pierre plate et sombre.

— C'était la lueg de mon père, m'a-t-il expliqué d'une voix neutre. Tu as déjà lu dans la pierre ?

— Non, seulement dans le feu.

— Les pierres sont aussi fiables que le feu, a-t-il continué en s'asseyant par terre. Le feu est plus dur à contrôler, mais il apporte davantage d'informations. Assieds-toi.

Je me suis installée sur le sol, en face de lui. Nos genoux se touchaient, comme si nous nous préparions à faire le tàth meànma. Quand je me suis penchée pour regarder dans la pierre, un peu excitée à l'idée de découvrir un nouvel aspect de la Wicca, mes cheveux ont glissé devant mon visage comme un rideau. Pour qu'ils ne nous gênent pas, je les ai ramenés sur ma nuque en une longue tresse.

— C'est de plus en plus rare, les filles avec des cheveux longs, a-t-il déclaré. Elles ont toutes de drôles de coupes avec des mèches ébouriffées... Tes cheveux sont très beaux, surtout ne les coupe pas...

Sur ces mots, il a plongé son regard dans la pierre, me laissant méditer sur ses paroles. « Hans aime mes cheveux... », me suis-je répété.

— Nous recherchons Nicolas ou Selene, a-t-il annoncé.

Nous étions tous deux penchés sur la pierre, et nos crânes se frôlaient. J'avais l'impression de regarder au fond d'un puits ou d'une mare noire dans les bois. Tandis que ma conscience s'ouvrait vers l'extérieur, la lueg ressemblait de plus en plus à un trou dans l'univers, une ouverture vers un monde à la fois merveilleux et incompréhensible.

Je ne ressentais plus rien, je n'étais plus qu'un esprit suspendu dans le temps et l'espace. Des volutes de brumes grises se sont mises à danser à la surface de la pierre. Puis j'ai eu l'impression de regarder un film : une personne s'avançait vers moi – un bel homme d'une cinquantaine d'années qui avait l'air aussi surpris qu'inquiet et curieux. Je l'avais déjà vu, mais je n'aurais su dire où.

— Par la Déesse, a marmonné Hans.

— Giomanach, a chuchoté l'homme.

Ses cheveux gris encadraient un visage ridé et des yeux bruns. La ligne de sa mâchoire me rappelait celle de Hans.

— Papa…

J'en ai eu le souffle coupé. Hans n'avait pas vu ses parents depuis dix ans… Que se passait-il ?

— Giomanach… Tu as grandi. Mon fils…

Il s'est détourné et, derrière lui, j'ai aperçu une maison peinte en blanc. J'ai entendu le cri d'une mouette et je me suis demandé où le père de Hans avait passé les dernières années, et où il se trouvait actuellement.

— Papa, a répété Hans. Linden...

— Je sais, a coupé l'homme qui semblait soudain plus vieux, et plus triste. Je sais. Ton oncle Beck nous a tout raconté. Ce n'était pas ta faute. Écoute, mon fils, ta mère…

Puis l'image a changé : une forme sombre a envahi la scène, tel un nuage pourpre, et a masqué peu à peu la maison et le visage de l'homme.

Hans s'est redressé et m'a dévisagée. J'ai soutenu son regard, craignant que la même pensée ne nous assaille. Je venais de voir la vague noire, la force qui avait emporté mes ancêtres et le village de mes parents. La force qui, nous le pensions, avait un lien avec Selene.

— Tu crois que la vague noire vient de prendre mon père ? m'a-t-il demandé d'une voix cassée.

— Non !

Il avait l'air perdu, si vulnérable que, sans y penser, je l'ai pris dans mes bras et l'ai serré de toutes mes forces.

— Je suis sûre que non, ai-je poursuivi. Elle est passée devant la pierre, comme pour nous séparer de ton père. Je n'y crois pas, tu te rends compte, il est vivant !

— Oui. À présent, j'en suis certain... Je me demande ce qu'il allait me dire sur ma mère.

Je n'ai pas su quoi lui répondre.

— Il faut que j'avertisse le Haut Conseil, a-t-il marmonné.

Nous sommes restés ainsi une minute, puis il a levé la main pour dégager une mèche de cheveux de mon visage. Je n'arrivais pas à décrypter ce que ses yeux verts voulaient me dire. Jadis, avec Nicolas, je savais toujours ce qu'il ressentait. Hans, lui, restait un mystère pour moi.

« Et puis zut ! » ai-je pensé. Je me suis penchée vers lui et je l'ai embrassé fougueusement. Il m'a serrée dans ses bras et nous nous sommes retrouvés allongés sur le sol, enlacés.

Nous nous sommes embrassés, encore et encore, puis j'ai soudain entendu Mary K. taper discrètement à la porte avant de murmurer :

— Maman vient d'arriver.

Toute rouge, la respiration haletante, je suis descendue aider ma mère à décharger les courses. Quand je suis remontée dans ma chambre dix minutes plus tard, Hans était parti, je ne sais trop comment.

7.

Un cercle à trois

8 novembre 1973

Clyda s'est encore évanouie hier. Je l'ai retrouvée au pied de l'escalier. C'est la troisième fois en deux semaines. Ni elle ni moi n'en avons parlé, mais nous savons toutes deux qu'elle se fait vieille. De plus, elle a abusé de ses pouvoirs sans se soucier des limitations, et a trop souvent usé de la magye noire.

Voilà une erreur que je ne commettrai jamais. Bien que j'appartienne à Turneval et que je puise dans le côté obscur, je prends toujours mes précautions.

Enfin, sa santé la regarde. Elle ne souhaite pas que je m'en préoccupe et j'ai de toute façon de moins en moins besoin d'elle. Depuis la Grande Épreuve, mon apprentissage est bien plus facile.

J'oublie le principal : la nuit dernière, ma vie a une nouvelle fois changé de cap. Clyda m'a enfin présentée à quelques membres d'Amyranth. Je serai *franche : ils me terrifient. Pourtant, je suis attirée vers eux, vers leur mission. J'étais faite pour les rejoindre, j'en suis persuadée...*

- SB

Quand je me suis arrêtée devant l'église pour déposer Mary K., il n'y avait que quatre autres voitures sur le parking. Les gens étaient si peu nombreux à assister à la messe en semaine que je me suis demandé pourquoi le père Hotchkiss ne se contentait pas de l'office du dimanche. J'ai questionné ma sœur :

— Tu es sûre de toi ? Tu ne préfères pas qu'on aille se balader quelque part ?

Ma sœur a secoué la tête.

— Qu'est-ce qui se passe, Mary K. ? Tu as l'air triste ces temps-ci. C'est à cause de Brice ?

— De lui, a-t-elle répondu en détournant le regard. Et de tous les mecs. Regarde toi et Nicolas, Bridget et sa collection de petits copains... Les garçons ne sont que...

— Des nuls ? Des imbéciles ?

Ça ne l'a pas fait rire.

— Je ne comprends plus rien, a-t-elle continué. J'ai l'impression que... je n'aurai plus jamais envie de sortir avec quelqu'un. Pour ne plus me sentir vulnérable. Mais c'est horrible, je n'ai pas envie de finir vieille fille !

Je me suis retenue avant de sortir une bêtise du genre : « Tu n'as que quatorze ans, ne t'inquiète pas pour ça. »

— Je sais ce que tu ressens, ai-je déclaré à la place. Je me dis la même chose, parfois... Nicolas était mon premier petit copain, et t'as vu comment ça s'est terminé ? Maintenant, comment faire confiance à un mec ?

— Tu peux faire confiance à Hans, il est réglo.

— Je pensais la même chose de Nicolas. Et le pire, c'est que Nico me manque. J'ai beau savoir qu'il m'a menti et qu'il s'est servi de moi, je n'arrive pas à oublier les bons moments. Maintenant, je suis attirée par Hans, tout en ayant l'impression que je ne le connais pas et que je ne le connaîtrai jamais.

« Bravo ! Non seulement tu n'as pas remonté le moral de ta sœur, mais, en plus, toi aussi tu déprimes. »

— Je suis désolée, je ne voulais pas étaler mes problèmes devant toi, Mary K.

— T'inquiète pas, je suis contente que tu m'en parles. Tu veux m'accompagner à la messe ?

— Non ! ai-je lancé en riant. Et toi, tu veux venir à *Magye Pratyque* ?

— Non merci. Bon, je dois y aller. Je rentrerai à pied. À tout à l'heure.

Je pensais faire mes courses de Noël chez *Magye Pratyque*. Une fois arrivée, je me suis rendu compte que je n'étais pas vraiment d'humeur. En plus, je ne savais pas si je devais offrir quelque chose à Hans et à Bridget. Tout semblait si compliqué...

Une voix apaisante a interrompu mes pensées.

— Toi, tu as l'air d'avoir besoin de te changer les idées. Viens donc voir mon nouveau petit nid, a suggéré Alyce.

Depuis qu'elle avait repris le magasin, elle avait emménagé à l'étage, dans l'ancien appartement de David. Elle a demandé à Finn de garder la boutique puis elle m'a guidée en haut d'un escalier étroit avant d'ouvrir la porte de gauche.

Le salon, qu'on venait de repeindre en beige, était plutôt petit. À ma grande surprise, Ada était assise sur le canapé qui occupait le milieu de la pièce.

— Coucou ! ai-je lancé.

— Salut, a-t-elle répondu en levant le nez de l'épais volume relié de cuir qu'elle lisait.

Je me suis demandé si Hans lui avait dit qu'on avait vu son père et la vague noire dans la lueg.

— Ada et moi, nous étudions souvent ensemble, m'a expliqué Alyce tout en préparant du thé dans la cuisine. Quand je t'ai vue entrer dans la boutique, je me suis dit qu'on pourrait former un cercle, rien que toutes les trois. Toi, Morgane, cela t'aidera à te focaliser. Quant à nous deux, nous nous posons des questions qui demeurent sans réponse. Cela nous sera certainement profitable.

J'ai repensé à mes deux derniers cercles, à la faiblesse de mes pouvoirs. Je redoutais ce qui allait se produire mais j'ai quand même accepté, tout comme j'ai accepté la tasse de thé qu'elle me tendait.

Notre cercle à trois fut à l'image d'Alyce : ouvert, réceptif, régénérant, fort et très féminin.

Debout, main dans la main, les yeux fermés, chacune a entonné son chant de pouvoir.

« An di allaigh… », ai-je commencé. Celui d'Alyce était en anglais ; celui d'Ada ressemblait au mien, à un texte celtique, ancestral et incompréhensible. Nous avons tourné trois fois dans le sens des aiguilles d'une montre autour d'une bougie posée au sol. Puis j'ai senti la puissance d'Ada glisser de sa main à la mienne et mon propre pouvoir me quitter pour rejoindre Alyce.

Ensuite, Alyce a invoqué les quatre éléments, la Déesse et le Dieu, avant de déclarer :

— Dame et Seigneur, nous suivons chacune notre propre quête. Veuillez nous aider à nous ouvrir aux réponses que nous offre l'univers. Que nos esprits accueillent la sagesse du monde. Aidez-moi, moi la responsable de Starlocket, à ouvrir ma conscience à la sagesse dont j'ai besoin pour guider les femmes et les hommes de mon cercle. Aidez-moi à comprendre pourquoi ils m'ont choisie. Aidez-moi à faire mon devoir avec amour.

Ses yeux bleu-violet se sont posés sur Ada, qui a hoché la tête. Après une seconde de réflexion, elle s'est lancée :

— Ma quête est… de savoir si je serai la digne héritière de mes parents. Si ma magye sera aussi forte, aussi pure que la leur.

J'étais étonnée qu'elle doute de ses capacités. Elle m'avait toujours semblé si arrogante, si sûre d'elle-même. Maintenant, je voyais qu'elle aussi avait ses faiblesses.

Alyce m'a regardée, mais je ne me sentais pas prête. Je me posais tant de questions, que ce soit à propos de Nicolas, de Selene, de mes vrais parents, de Hans... Par où commencer? Soudain, je me suis souvenue du cercle que nous avions formé chez Sophie.

— Ma quête est de découvrir ma véritable nature. Suis-je condamnée à me tourner vers le mal parce que je suis une Woodbane? Devrai-je le combattre deux fois plus que les autres? Comment puis-je apprendre à le reconnaître? Ai-je une chance de ne pas tomber du côté obscur?

J'ai compris alors qu'Alyce reconnaissait là les vraies questions, et qu'Ada s'intéressait soudain à mon cas, qu'elle s'inquiétait même. Nous sommes restées un instant ainsi à nous tenir les mains, et je sentais le pouvoir passer de l'une à l'autre comme de l'électricité. «Je suis forte. Et j'ai de bons amis pour me guider: Hans, Xavier, Bridget, Alyce... et même Ada.» Cette pensée avait quelque chose de réconfortant.

Puis nous avons tourné trois fois dans le sens inverse, après quoi Alyce a brisé le cercle avant de souffler la bougie.

— Merci à vous deux, a-t-elle conclu tout en rangeant les accessoires rituels. Maintenant, mon appartement bénéficiera de cette énergie positive. Nous savons toutes les trois qu'il nous faut trouver des réponses avant de pouvoir tourner la page et aller de l'avant.

— Et comment faire? a demandé Ada d'un air frustré.

— C'est là toute la question..., a répondu Alyce.

Sur le chemin du retour, j'ai resongé au cercle : maintenant que j'avais découvert ma plus grande crainte, j'avais plus peur que jamais. J'ai passé le trajet à guetter mon rétroviseur, comme si je redoutais que la vague noire ne se lance à ma poursuite.

Alors que j'allais bifurquer, je me suis rendu compte que je m'apprêtais à prendre le chemin qui passait devant chez Nicolas. Au dernier moment, j'ai redressé le volant pour me remettre dans ma voie, ce qui m'a valu quelques coups de Klaxon. Je me suis excusée d'un geste avant de poursuivre ma route. Je ne voulais pour rien au monde passer devant chez lui. Pas ce soir.

8.

La chute

Samhain, 1975

La nuit dernière, mes deux années d'apprentissage au sein d'Amyranth ont pris fin. Nous sommes maintenant au nord de l'Écosse, au cœur de ses paysages désolés. Je sens au plus profond de mon être la magye ancestrale qui hante ces lieux.

Quand j'ai rejoint Amyranth, je ne savais pas précisément ce qu'était la vague noire. Depuis, par trois fois ils l'ont utilisée, mais ils ne m'ont pas autorisée à participer au rituel ni même à en connaître les détails. Pourtant, tout a changé hier soir.

Nous avons pris un cercle du clan des Wyndenkell, le cercle le plus vieux que l'on connaisse : sa fondation remonte à quatre cent cinquante ans au moins.

Je n'ai pas le droit de décrire ce qui s'est passé, ni le rituel qui nous a permis d'invoquer la vague. Mais je dirai quand même que, de toute ma vie, je n'avais jamais rien vu d'aussi terrifiant, d'aussi excitant. Cette vague rageuse, d'une couleur hésitant entre le violet et le noir, a balayé ces sorciers, leur enlevant leur âme et leur pouvoir... J'ai senti leur énergie passer en moi, comme si j'étais frappée par la foudre. Maintenant, leur savoir et leur magye nous appartiennent. Comme il se doit.

Je me sens différente. Me voilà fille d'Amyranth et ce simple fait donne un sens à ma vie.

- SB

Le vendredi après-midi, on a profité du beau temps pour aller se balader.

Bridget conduisait pendant qu'à côté d'elle Xavier lui indiquait la route. J'étais à l'arrière, avec Hans. Quand Bridget m'avait proposé cette virée, j'avais pris mon courage à deux mains pour l'inviter. Ce n'était pas vraiment un rendez-vous en amoureux, mais j'avais de plus en plus l'impression que nous étions un couple.

— Tu as parlé au Conseil de ce que nous avons vu dans ta lueg? lui ai-je demandé à voix basse.

— Oui. Je l'ai dit à Kennet Muir, mon tuteur. Il m'a promis qu'ils mèneraient l'enquête mais m'a conseillé de ne plus chercher à voir mes parents dans la pierre... Parce que la vague noire risquerait de les localiser grâce à moi. Il a raison, sauf que...

Je devinais ce qu'il ressentait face à l'incertitude, j'imaginais son impatience et sa frustration. J'avais connu la même chose lorsque j'avais appris que j'avais été adoptée.

Quand je lui ai pris la main, il s'est tourné vers moi et son regard m'a fait fondre. Jamais je ne m'étais sentie aussi bien avec quelqu'un.

— Je sais, a-t-il murmuré.

Il voulait dire qu'il partageait mes sentiments. Mon cœur est soudain devenu léger : la journée s'annonçait plus belle encore.

— C'est incroyable, ce changement de temps, a lancé Bridget.

— Vous pouvez me remercier, ai-je rétorqué.

Xavier et Hans ont pris un air inquiet.

— Tu n'as pas fait ça ? a demandé le premier.

— Dis-moi que ce n'est pas vrai, a dit le second.

— Peut-être que si, peut-être que non, ai-je raillé.

— Tu n'es pas sérieuse, j'espère ? a continué Hans, visiblement contrarié. On ne rigole pas avec la magye tempestaire. Tu n'imagines pas les conséquences.

J'ai croisé le regard de Bridget dans le rétroviseur. Un sourire s'est dessiné sur ses lèvres : elle seule avait deviné que je plaisantais. Une fois encore, j'ai constaté avec plaisir que notre amitié renaissait.

— Tu ne comprends pas que le Conseil..., a poursuivi Hans, de plus en plus tendu.

— Calmos, Hans, l'ai-je coupé. C'était une blague. Je ne sais pas me servir de la magye tempestaire.

— Quoi ?

— Tu m'as très bien entendue : même si je le voulais, je ne saurais pas comment m'y prendre ! Et de toute façon, j'ai compris ce qui se faisait et ce qui ne se faisait pas, dans la Wicca. Je ne me permettrais jamais une chose pareille.

Hans a détourné la tête pour dissimuler son sourire.

— Au fait, a-t-il dit quelques minutes plus tard, j'ai inspecté la maison de Selene, et je n'ai rien trouvé qui aurait pu provoquer la lueur que tu as vue.

— De quoi tu parles ? s'est enquis Xavier.

— En passant devant chez Nicolas, j'ai vu une bougie allumée derrière une fenêtre, lui ai-je expliqué.

Xavier a eu l'air à la fois étonné et effrayé.

— Tu n'as pas vu d'empreintes de pas ni rien ? ai-je demandé à Hans.

— Non, rien que de la poussière intacte et aucune trace de magye. J'ai essayé une nouvelle fois d'entrer dans la bibliothèque secrète, et je n'ai même pas trouvé la porte. Sa magye est incroyablement puissante.

Serais-je encore capable d'ouvrir la porte ? J'y étais entrée une fois, par hasard, et j'y avais trouvé le livre des ombres de ma mère. Le Haut Conseil voulait certainement inspecter les lieux, mais je me sentais pas à même de les y aider. Je ne voulais plus remettre les pieds dans cette maison. C'était au-dessus de mes forces.

— Bridget, il faut que tu prennes la prochaine sortie, a indiqué Xavier.

Quelques minutes plus tard, nous sommes arrivés à Greenport, un petit village touristique célèbre pour ses restaurants et ses boutiques d'artisanat.

La journée a été idyllique. On s'est baladés, on a fait du shopping, on a goûté plein de spécialités et on a bien rigolé. J'ai trouvé un très beau collier en perles de verre que je pensais offrir à Bridget pour Noël. Après tout, il fallait bien que l'une des deux fasse le premier pas pour que notre amitié redevienne comme avant.

En fin d'après-midi, en rentrant chez moi, j'ai eu la bonne surprise d'apprendre que ma tante Hélène et Paula, sa petite amie, restaient à dîner. Elles nous ont dit qu'elles commençaient à s'habituer à leur nouvelle maison, maintenant que les voyous qui les avaient agressées avaient été arrêtés.

Après manger, j'ai pris Das Boot pour rejoindre les autres chez Ada et Hans. Exceptionnellement, notre cercle se réunissait le vendredi au lieu du samedi.

La nuit était aussi belle que le jour l'avait été. Je profitais du ciel dégagé pour contempler les étoiles à travers le pare-brise.

— Morgane.

Mon sang s'est figé dans mes veines. J'ai freiné brutalement et ma voiture a fait une embardée sur la droite. J'ai regardé partout, à côté de moi et sur la banquette arrière. Bien sûr, il n'y avait personne. Cette voix... Je me suis dépêchée de fermer toutes les portes, puis j'ai inspecté les environs.

C'était la voix de Nicolas. Il m'avait appelée par télépathie, comme tant de fois par le passé. « Où est-il ? Il me cherche. Est-il tout près ? » Mon cœur martelait dans ma poitrine et mes mains tremblaient comme des feuilles sur mon volant. « Nicolas ! Oh, par la Déesse, où est-il ? Que veut-il ? »

J'ai tout de suite pensé à Hans. Lui saurait quoi faire.

J'ai pris le temps de me calmer avant de redémarrer. Mes sens de sorcière ne m'ont rien appris : je n'ai perçu ni sa présence, ni sa voix, ni sa magye.

Nicolas. Le pincement qui me tiraillait le cœur m'horrifiait et me mettait en colère. J'avais entendu sa voix et, pendant une seconde, je m'étais réjouie. « Tu es vraiment stupide ! me suis-je réprimandée. Espèce d'idiote ! »

Sur le qui-vive, je me suis garée devant la petite maison de Ada et Hans. Toujours pas de Nicolas à l'horizon. J'ai couru jusqu'à l'allée qui menait à la porte d'entrée.

En chemin, j'ai entendu des voix et des rires qui venaient de l'arrière. J'ai donc changé de cap et coupé à travers la pelouse recouverte de neige. Je devais emprunter un escalier en bois car la maison avait été construite au bord d'un ravin. « Hans, ai-je pensé, j'ai besoin de toi. » J'avais eu tort de ne pas lui parler tout de suite de la bougie chez Nico. Je savais que je ne devais pas répéter la même erreur.

J'essayais de grimper les marches sans regarder en contrebas, là où le ravin se perdait dans les ténèbres. J'entendais déjà la voix de Bridget et le rire de Jeanne. Dans l'air, je sentais le parfum épicé et apaisant du trèfle mêlé à la cannelle et à la pomme.

— Hé, Morgane ! a lancé Xavier, qui était accoudé à la balustrade en haut de l'escalier.

— Tu sais où est Hans ?

— Je suis là, a répondu ce dernier en sortant de la maison.

Je lui ai envoyé un message télépathique : « Il faut que je te parle. J'ai peur. »

Les sourcils froncés, il est venu à ma rencontre. De mon côté, j'ai hâté le pas, déjà réconfortée de le savoir si proche.

L'escalier en bois était long et branlant. Il fallait monter deux paliers avant d'arriver à la petite terrasse où se tenait Xavier. Hans m'avait presque rejointe quand nos regards se sont croisés : l'escalier tanguait d'une façon inquiétante. Comme au ralenti, j'ai vu Hans me tendre la main, mais je n'ai rien pu faire car les marches se sont dérobées sous moi dans un grand craquement. Je me suis vue tomber dans les ténèbres, loin de la lumière et de mes amis.

Lorsque j'ai rouvert les yeux, j'ai constaté que des morceaux de bois m'entouraient. De la poussière me chatouillait les narines et j'avais mal partout.

— Morgane ! Hans !

Je ne savais pas qui nous appelait d'en haut, mais j'ai senti que Hans était près de moi.

— Je suis là ! a-t-il répondu d'une voix altérée. Morgane ?

— Ici, ai-je lancé sans grande conviction.

Mes côtes m'élançaient et j'avais l'impression que je ne pourrais plus jamais respirer normalement. J'ai levé la tête pour apercevoir la terrasse. J'avais dû rouler tout en bas du ravin car je ne la voyais plus.

— Ne bouge pas, m'a ordonné Hans, qui se tenait à trois mètres au-dessus de moi. J'arrive.

Il m'a rejointe et j'ai constaté avec soulagement qu'il n'avait rien. Lui aussi semblait rassuré de me voir saine et sauve. Ensuite Xavier, Matthieu et Bridget, qui nous éclairaient à l'aide de lampes torches, nous ont envoyé une corde. Hans a attrapé l'extrémité et nous sommes remontés tant bien que mal. Une fois en haut, je me suis assise au bord du ravin, tremblant de tous mes membres. La terrasse tenait toujours à la maison, mais l'escalier avait été réduit en miettes. Les autres membres de Kithic nous attendaient sur la pelouse, l'air effrayé. Apparemment, seuls Hans et moi étions tombés dans le ravin.

— Vous allez bien? s'est enquise Bridget; l'inquiétude se lisait dans ses yeux.

— Oui, l'ai-je rassurée. Plus de peur que de mal. J'ai dû atterrir sur un truc mou.

— C'était moi, le truc mou, a ajouté Hans en souriant. Mais je survivrai... Je n'ai que des bleus et des bosses.

Il a porté la main à ses côtes en grimaçant.

Ada m'a prise par la taille et m'a accompagnée jusqu'à la porte de devant. Nous sommes entrées et je me suis effondrée dans le canapé, encore sous le choc.

— Qu'est-ce qui s'est passé? a demandé Matthieu. Le bois était pourri ou quoi?

— C'était horrible, de vous voir tomber comme ça, a déclaré Bridget.

Tout le monde ne parlait que de l'accident. Ada est ressortie de la pièce et Jeanne s'est dirigée vers moi, une tasse fumante à la main.

— Tiens, j'ai trouvé une infusion de kava-kava.

Je l'ai remerciée avant d'avaler doucement le breuvage, espérant qu'il ferait bientôt effet. « Quelle soirée ! D'abord, la voix de Nico, et maintenant, ça ! »

Ada est revenue quelques minutes plus tard, portant un petit panier garni de remèdes. Elle a soigné mes différentes contusions et coupures avant de déclarer :

— Hans est en train d'inspecter l'escalier. Tiens, avale ça, c'est de l'arnica. Pour éviter les bleus.

Les petites billes blanches se dissolvaient encore sous ma langue lorsque Hans est entré dans la pièce en claudiquant. Son visage était griffé et son pull déchiré et taché de sang.

— On a scié la base de l'escalier, a-t-il annoncé.

— Quoi !? s'est exclamé Xavier.

Lui, Bridget et Jeanne se tenaient près de moi et Ada. Matthieu, Rose, Sophie et Étienne étaient restés près de la porte de derrière et contemplaient l'ampleur des dégâts. Thalia, Alisa et Simon n'étaient pas encore arrivés.

J'ai dévisagé Hans tandis que l'écho de la voix de Nicolas résonnait dans mes oreilles.

— On l'a vraiment scié ou bien on a jeté un sort pour qu'il s'effondre ? ai-je demandé.

— Il y a des marques de scie, nous a expliqué Hans en prenant la tasse que Jeanne lui tendait. Je n'ai senti aucune magye. Mais je regarderai ça de plus près demain matin.

Il s'est tourné vers moi, l'air de dire : il faut qu'on parle. Par deux fois, nous avions failli mourir alors que nous étions ensemble. Il ne pouvait s'agir d'une coïncidence.

— On devrait peut-être appeler la police, a suggéré Jeanne.

— Non, a répliqué Hans. Ils nous prendraient pour des marginaux persécutés par leurs voisins. Je préférerais qu'on les laisse en dehors de ça.

— Bon, a coupé Ada lorsque les retardataires sont arrivés. Ce soir, c'est moi qui dirige le cercle. Nous allons commencer dans un instant. Vous me suivez dans l'autre pièce pendant que Morgane et Hans finissent leur tisane ?

Tout le monde est sorti ; Xavier m'a jeté un regard inquiet avant de rejoindre les autres. Une fois seuls, Hans et moi sommes restés silencieux un moment.

— A priori, ces deux accidents n'ont rien de magyque, a-t-il fini par déclarer. Pourtant, comme je l'ai déjà dit, je n'ai pas d'ennemis parmi les non-sorciers.

— Et parmi les anciens sorciers ? ai-je demandé en pensant à ceux qu'il avait privés de leurs pouvoirs.

— Pas bête. Sauf que je sais exactement où se trouvent les sorciers à qui j'ai eu affaire et qu'il n'y en a aucun dans les environs… Je vais me changer, a-t-il conclu en posant sa tasse sur la table basse.

Il s'est levé en grimaçant. Machinalement, je l'ai suivi dans la salle de bains. Pendant qu'il farfouillait dans l'armoire à pharmacie, je me suis assise sur le rebord de la baignoire.

— J'ai quelque chose à te dire, ai-je murmuré.

— Pas une bonne nouvelle, à voir ta tête, a-t-il raillé en enlevant délicatement son pull et son T-shirt.

Il était maintenant torse nu : je devais me faire violence pour ne pas admirer sa peau lisse et pâle. J'ai essayé de me concentrer sur les entailles qui saignaient sur son flanc.

— Tu as la marque des Woodbane ? L'athamé rouge ? lui ai-je demandé, me souvenant que Nicolas et lui avaient le même père et qu'il était donc à moitié Woodbane.

— Oui. Et toi ?

— Moi aussi.

— Tu veux le voir ? a-t-il ajouté avec un petit sourire en coin.

Comme il n'était pas sur son torse, j'en ai déduit qu'il se trouvait quelque part sous son jean. Rougissante, je n'ai pas répondu. Il s'est penché vers moi, a passé sa main dans mes cheveux avant de me caresser la joue.

— Je préfère pas, ai-je répondu, plus gênée que jamais. Euh… Nicolas m'a appelée tout à l'heure.

— Quoi ? a-t-il rugi.

— Pendant que je conduisais pour venir chez toi. Il m'a envoyé un message télépathique.

— Pourquoi tu ne m'as pas prévenu aussitôt ?

Je me suis contentée de le regarder et il a compris que je m'apprêtais à lui en parler lorsque l'escalier s'était effondré sous nos pieds.

— Oh, pardon. Je suis bête. Et qu'est-ce qu'il t'a dit ? Tu sais où il se cache ? Raconte.

Soudain, j'ai regretté l'instant d'avant : je m'étais sentie gênée, mais, au moins, il souriait. Maintenant, son visage était redevenu sérieux.

— Il n'y a pas grand-chose à raconter. Je l'ai juste entendu prononcer mon nom. C'est tout. J'étais morte de trouille. Quand j'ai déployé mes sens, je n'ai rien trouvé.

— Tu sais où il se cache ? a-t-il répété en me tenant les épaules.

— Je t'ai déjà dit que non !

Je n'en revenais pas. Comment pouvait-il croire que je lui mentais alors que la situation était si grave ?

— Nicolas ! Ce salaud ! a-t-il pesté en me lâchant et en serrant les poings. Tu es sûre qu'il n'a rien dit d'autre ?

— Parfaitement sûre, ai-je affirmé en lui rendant son regard noir. Pourquoi tu me traites comme ça ? Je n'ai rien fait de mal !

Au lieu de me répondre, il m'a lancé d'autres questions comme autant de gifles :

— T'es-tu sentie différente ? Est-ce que tu as eu un trou de mémoire ? Est-ce que quelque chose t'a paru étrange ?

Là, j'ai commencé à comprendre où il voulait en venir.

— Tu ne crois pas que je le saurais, s'il m'avait ensorcelée ?

— Non, a-t-il répondu avec dédain. C'est un sorcier de bas étage, mais il en sait plus que toi.

Il a plongé ses yeux dans les miens, comme s'il y cherchait un sort qu'on m'aurait jeté, puis il s'est détourné. J'étais embarrassée et furieuse. Il m'avait fait de la peine en me parlant ainsi. Et ça n'a rien arrangé quand il a ajouté :

— Tu ne me caches rien, Morgane ? Tu ne ressens pas le besoin de le protéger parce qu'il a une belle gueule et que tu l'aimes encore même s'il a essayé de te tuer ?

J'en suis restée bouche bée. Je l'aurais bien giflé, quand soudain j'ai compris : il était jaloux. Jaloux de mon passé avec Nicolas.

— Par la Déesse..., a-t-il poursuivi. Si ce salaud est revenu, je vais le trouver.

« Et ensuite ? Tu le tueras ? » Je n'arrivais pas à croire que Hans, d'habitude si calme et réservé, soit devenu ce type hargneux. Je ne le reconnaissais plus. Quelque part, il m'effrayait.

— Vous avez bientôt fini ? a lancé Ada depuis la pièce d'à côté.

— Oui, ai-je répondu.

Je n'avais qu'une envie : m'éloigner de Hans le plus vite possible.

— Ce rituel est l'un des plus utiles, a commencé Ada. Il sert à repousser l'énergie négative.

Il ne vous sera d'aucune aide si l'on vous agresse physiquement ; en revanche, votre vie quotidienne sera débarrassée des mauvaises ondes et votre énergie positive en sortira renforcée.

J'ai jeté un œil vers Hans en me disant qu'à cet instant même il aurait bien besoin d'ondes positives. Si sa colère semblait s'être apaisée, il continuait visiblement à broyer du noir.

— Les sorciers peuvent utiliser presque n'importe quoi pour faire de la magye : encens, plantes – que les sorciers appellent « simples » –, huiles, runes ou d'autres symboles, cristaux et pierres, métaux et bougies. Pour ce rituel, on va se servir des runes, a expliqué Ada en saisissant la petite bourse en velours rouge qu'elle portait à la ceinture. Asseyez-vous près de moi.

Elle a renversé le contenu de la bourse – des runes de toutes les couleurs – sur le plancher, puis les a rangées en trois rangs, chaque rune à sa place selon le futhark, l'alphabet runique traditionnel. Nous connaissions tous leurs noms par cœur.

— D'abord, nous avons besoin d'Eolh, pour la protection, a-t-elle continué en isolant une rune. Quel est son autre nom ?

— Algiz, ai-je répondu sans même y penser.

— Exact. Puis il nous faut Wynn. Pour le bonheur et l'harmonie. On l'appelle aussi… ?

— Wunjo, a lancé Simon.

Xavier et Bridget ont hoché la tête. J'adorais la façon dont Ada dirigeait ses cercles. Elle nous faisait participer en sollicitant le peu de connaissances que nous avions.

— Bien. Ensuite vient Sigel, pour le soleil, la vie et l'énergie, a-t-elle poursuivi en plaçant la rune près des autres de manière à former un triangle.

— Sowilo, a murmuré Thalia, fière de connaître un des autres noms.

— Vous êtes doués, dites donc, a commenté Ada en souriant. Et la dernière : Ur, pour la force.

— Aussi connue comme Uruz, a dit Rose en regardant Ada intensément.

Maintenant réunies, les quatre runes formaient un losange.

— Vous pouvez tracer ces runes sur un bout de papier, les graver sur un morceau d'ardoise, une pierre ou même une bougie ou n'importe quel autre support. Mais pensez bien à les tracer dans cet ordre. Vous pouvez les placer dans votre chambre, votre voiture ou votre casier, au lycée. Ensuite, tapotez-les du bout du doigt et dites : « Eolh, Wynn, Sigel, Ur, venez à moi, où que vous soyez. Guidez mes actes et mes paroles, et prêtez-moi votre sagesse. »

Elle s'est redressée avant de poursuivre :

— Pour augmenter leur pouvoir, vous pouvez faire ce geste. (Elle a tracé trois cercles dans l'air au-dessus des runes, dans le sens des aiguilles d'une montre, paume vers le bas.) C'est tout. Cette magye-là n'a rien de spectaculaire, mais elle est très utile.

— Moi, je trouve ça très beau, a déclara Alisa. Toute magye est belle.

— C'est faux, ai-je rétorqué sur un ton plus abrupt que je ne l'avais voulu.

Ils m'ont regardée d'un air étonné, et je me suis sentie gênée. Hans et Ada ont hoché la tête. Eux me comprenaient. Tous les trois, nous avions vu le côté obscur de la magye. Il existait, là, autour de nous.

Après le cercle, je me suis dépêchée de partir. Quelle soirée ! Entre l'appel de Nicolas, ma chute terrifiante et la réaction détestable de Hans... J'étais toujours sous le choc, sans parler des douleurs qui parcouraient mes membres.

Nicolas. Était-il dans les environs ? Cette idée me terrifiait. Je ne pensais plus qu'à une chose : rentrer chez moi pour me coucher et câliner Dagda, mon petit chaton.

Soudain, alors que je pénétrais dans les sous-bois, mes phares ont éclairé une forme au loin sur la route. J'ai à peine eu le temps de me demander ce que c'était – un daim peut-être – avant de piler. Tandis que Das Boot s'arrêtait dans un horrible grincement de pneus, mon sang s'est figé dans mes veines.

— Oh, ai-je chuchoté.

Une silhouette se dirigeait vers moi, les mains en l'air.

Nicolas.

9.

Nicolas

Lammas, 1976

La mort de Clyda a surpris tout le monde sauf moi. Elle était malade, de plus en plus vulnérable. À mon avis, la vague noire de Madrid l'a achevée. Vraiment, à son âge, elle aurait dû renoncer à voyager...

La semaine dernière, pendant mon séjour en Irlande, j'ai rencontré deux sorciers intéressants. Le premier, un jeune homme adorable à peine sorti de l'adolescence, possède un pouvoir considérable, presque effrayant. Nous avons passé une nuit délicieuse ensemble, et j'en garde un très bon souvenir.

Mais c'est Daniel O'Neal, un Woodbane d'Angleterre, qui hante mes pensées. Lorsqu'il est venu assister à une des réunions d'Amyranth, son malaise ne m'a pas échappé. Bizarrement, il ne m'en apparaît que plus attirant. C'est un homme profondément bon et honnête, un de ces sorciers Woodbane dont le cercle a renoncé au mal depuis des siècles. Voilà un vrai défi, car il est bien plus difficile de séduire un ange qu'un démon.

- SB

Une vague de panique m'a envahie et mes mains se sont crispées sur le volant. Nicolas a fait un geste d'une main : le moteur de Das Boot s'est coupé et les phares se sont éteints. Ma vision de mage a aussitôt pris le relais et, grâce à elle, j'ai pu voir qu'il se rapprochait.

Me sentant piégée dans ma voiture, j'ai ouvert la portière et je suis sortie d'un bond. Lorsque j'ai vu son visage, j'ai eu le souffle coupé. Bien sûr, ses traits avaient hanté mes pensées et mes rêves, mais j'avais oublié à quel point ils pouvaient encore me toucher, malgré ma peur.

Puis la colère et l'instinct de survie m'ont fait oublier tout le reste.

— Qu'est-ce que tu fais là? ai-je aboyé en essayant d'avoir l'air forte.

— Morgane, a-t-il murmuré d'une voix sensuelle qui, je m'en rendais compte, m'avait terriblement manqué.

Je me suis ressaisie avant de poursuivre :

— La dernière fois, tu as essayé de me tuer.

— Je voulais te sauver, a-t-il rétorqué en s'approchant tout près, trop près de moi. Crois-moi, la mort valait mieux que le sort que Selene te réservait. Morgane, je sais que j'ai eu tort, mais j'étais tellement angoissé. Pardonne-moi.

Je suis restée sans voix. Même si je savais que je devais m'enfuir au plus vite, mon cœur me soufflait : « Tu peux le croire. »

— Je t'aime plus que jamais, Morgane. Je suis revenu pour être avec toi. J'ai dit à Selene que je ne l'aiderais plus.

— Tu veux me faire avaler que tu as coupé les ponts avec ta mère ? Comment te faire confiance ?

Sans un mot, Nicolas a ouvert sa veste puis a déboutonné sa chemise. J'ai vu la blessure au-dessus de son cœur, une brûlure en forme de main.

— Voilà ce que Selene m'a infligé, a-t-il déclaré, la voix tremblante. Parce que j'ai choisi de te rejoindre.

Surmontant ma peur, j'ai tendu la main pour lui effleurer la joue. Je devais connaître la vérité.

Lorsqu'il a compris ce que je m'apprêtais à faire, il a écarquillé les yeux. Mon esprit est entré en lui, par-delà les couches supérieures de sa conscience. J'ai senti qu'il me résistait malgré lui, puis qu'il se forçait à m'accueillir. Pour la première fois, je contrôlais l'union de nos esprits. Ainsi, j'allais voir ce que je cherchais et pas seulement ce qu'il voulait bien me montrer.

L'instant d'après, j'ai vu mon visage, mais de la façon dont lui le percevait : j'irradiais une sorte de lumière qui me rendait belle, éthérée. La force de ses sentiments pour moi m'a impressionnée.

Puis j'ai vu Selene, qui me fixait droit dans les yeux. Même si je savais que je ne voyais que les souvenirs de Nicolas, j'ai dû me faire violence pour ne pas me cacher le visage. Ce n'est pas moi mais lui qu'elle toisait ainsi avec une lueur meurtrière dans le regard.

— Tu ne peux pas t'en aller, prévenait-elle. Je ne le tolérerai pas.

— Je m'en vais quand même, rétorquait-il.

J'ai senti toute son arrogance, sa peur et sa détermination.

— Imbécile, a crié Selene, le visage déformé par la colère.

Sa main a jailli vers Nicolas comme un serpent à l'attaque et j'ai senti son contact mortellement froid sur ma peau… enfin, sur celle de Nico. Pourtant, c'est bien une brûlure qu'elle a infligée à son fils, le faisant hurler de douleur.

— Ce n'est qu'un avant-goût de ce que je peux te faire subir, a-t-elle menacé. J'aurais pu t'arracher le cœur. Mais tu es mon fils, et je sais que cette passade ne durera pas. Tu me reviendras, tôt ou tard.

Sur ces mots, elle a tourné les talons et a disparu.

Tremblante, j'ai retiré ma main de la joue de Nicolas. Il l'a prise dans la sienne et l'a serrée nerveusement.

— Morgane, j'ai besoin de toi. De ton amour et de ta force. Ensemble, nous pouvons battre Selene.

— C'est faux ! ai-je hurlé en dégageant mes doigts. Tu as perdu la tête ? Selene pourrait nous écraser comme de vulgaires insectes ! Je ne sais même pas s'il est possible de l'arrêter.

— Bien sûr que si ! a-t-il insisté en se rapprochant un peu plus encore. Toi et moi, avec les instruments de ta mère, on y arrivera. J'en suis certain. Dis-moi que tu m'aideras, Morgane. Dis-moi que tu m'aimes encore.

Honteuse, j'ai compris que je ne l'avais pas oublié et que, malgré tout, je n'arrivais pas à le haïr. Mais je ne pouvais pas non plus lui dire que je l'aimais toujours, et il était hors de question que j'accepte de l'aider à combattre Selene.

— Nous deux, c'est fini pour toujours, ai-je finalement répondu en pensant à Hans et à ses baisers.

— Qu'est-ce que tu dis ? Je ne peux pas vivre sans toi, Morgane ! Je veux que nous restions ensemble à jamais !

Il avait l'air si sincère, avec son visage tordu par la douleur.

— Tout ce que je demande, c'est que tu me redonnes une chance, a-t-il supplié d'une voix qui menaçait de me briser le cœur. Je t'ai fait tellement de mal… Je t'en prie, donne-moi une chance de me racheter. Je t'aime tant…

Encore un pas. Maintenant, je sentais son souffle, aussi froid que la nuit, glisser sur ma joue.

— Je ne veux pas que Selene te retrouve. Puisqu'elle sait que tu ne la rejoindras pas, elle veut te tuer et récupérer les outils de Maeve… Je ne la laisserai pas faire.

— Où est-elle ?

— Je n'en sais rien. Pas très loin. Je la sens, parfois. Au moins quatre membres de son cercle l'accompagnent. Ils sont à ta recherche, Morgane. Tu vas avoir besoin de mon aide.

Soudain, je ne l'écoutais plus. Mes sens venaient de repérer une autre présence qui se rapprochait.

— Hans, ai-je murmuré en regardant la route.

Nicolas a suivi mon regard et, peu après, des phares de voitures sont apparus au loin.

Pendant une seconde – ou bien une éternité ? – nous nous sommes regardés en silence. S'il n'avait rien perdu de sa beauté surnaturelle, je discernais maintenant une certaine vulnérabilité qui le rendait plus attirant encore. Nicolas, mon premier amour. Celui qui m'avait fait découvrir les merveilles de la Wicca.

— Appelle-moi, et je viendrai, a-t-il chuchoté, d'une voix si faible que j'ai eu du mal à l'entendre.

— Attends ! Où est-ce que je peux te trouver ?

Il s'est contenté de sourire et s'est mis à courir vers les bois qui bordaient la route. Il a disparu entre les arbres, tel un spectre, comme s'il n'avait jamais été là.

La voiture était maintenant toute proche, et les phares m'aveuglaient. Je comprenais pourquoi les daims ou les lapins restaient pétrifiés sur la route. J'ai attendu près de Das Boot que Hans s'arrête.

— Morgane, ça va ? a-t-il demandé en descendant de voiture. Il s'est passé quelque chose ?

Paradoxalement, même après la scène de la salle de bains, j'avais envie de pleurer tant j'étais soulagée de le voir. Pourtant, je ne savais pas quoi lui dire. Hans était un Traqueur. La simple idée que Nico m'ait contactée l'avait mis dans tous ses états, alors si je lui disais que je l'avais vu en chair et en os, Hans partirait à sa recherche, et une fois qu'il l'aurait trouvé…

Non, je ne pouvais pas me confier à lui. Ils se haïssaient tellement qu'ils risquaient de s'entre-tuer, j'étais bien placée pour le savoir. Et cette idée me mettait hors de moi.

— Ça va, ai-je répondu en essayant d'avoir l'air calme. J'ai failli renverser un daim. Je me suis arrêtée, et il est parti…

Les sourcils froncés, Hans a fouillé les bois du regard.

— Je sens quelque chose…, a-t-il murmuré comme pour lui-même.

Il est resté immobile quelques secondes, l'air concentré, avant de reprendre :

— Bon, je ne sais pas ce que c'était, mais ce n'est plus là… Je suis venu parce que j'ai eu un drôle de pressentiment, a-t-il continué en se tournant vers moi. Comme si je te sentais paniquer.

J'ai hoché la tête, espérant qu'il ne devinerait pas que je mentais.

— J'ai vraiment eu peur, ai-je confirmé. Avec tout ce qui s'est passé aujourd'hui, ça fait beaucoup…

Je me suis installée derrière le volant, espérant que Nicolas n'avait pas bousillé mon moteur. Je me sentais honteuse de mentir ainsi à Hans, alors qu'il était une des rares personnes en qui je pouvais avoir confiance. Mais je ne le faisais pas par plaisir, je voulais juste sauver Nicolas… et Hans. Je voulais les protéger l'un de l'autre.

Hans s'est penché vers moi pour me regarder dans les yeux.

— Morgane, a-t-il commencé, je suis désolé de m'être emporté, tout à l'heure. Tout est tellement compliqué, en ce moment. Je m'inquiète pour mes parents : je voudrais les contacter mais je ne peux pas. Et je m'inquiète aussi pour toi. Je sens que je dois te protéger, et j'aimerais t'accompagner partout pour être sûr que tu vas bien.

— Je sais. C'est pour ça que tu veux que je fasse le tàth meànma brach. Pour que je puisse me défendre.

— Oui, a-t-il reconnu avant de marquer une pause. Tu n'as pas trop mal, avec la chute ?

— Si, mais je parie que tu auras plus de bleus que moi !

Il a souri et les traits de son visage se sont détendus. J'ai tourné la clef de contact et Das Boot a démarré au quart de tour.

— Il faut que j'y aille, Hans.

Il s'est penché vers moi et m'a donné un baiser rapide avant de fermer ma portière.

« Est-ce que Nicolas nous a vus ? me suis-je demandé en paniquant. Déesse, faites que non ! » Il n'en serait que plus furieux encore. J'ai appuyé sur l'accélérateur et j'ai regardé Hans disparaître dans mon rétroviseur. Je n'avais qu'une hâte, me coucher et pleurer toutes les larmes de mon corps.

10.

La sincérité

13 décembre 1977

Les mystères d'Amyranth ne sont rien comparés aux mystères de l'amour. Pourquoi Daniel O'Neal me fait-il un tel effet ? Est-ce qu'il m'a jeté un sort ? Non... Il est bien trop honnête pour cela. Je l'aime, tout simplement. Cela me ressemble si peu que je ne sais plus quoi penser.

Je sens que, au fond de lui, il voudrait me résister, mais il en est incapable, comme tous les autres...

Il passe beaucoup de temps à étudier, comme s'il voulait tout comprendre, tout savoir. Un vrai sorcier de bibliothèque ! C'est une bonne chose car il me laisse ainsi du temps pour mes activités au sein d'Amyranth. Les Anciens du cercle m'enseignent les arcanes de la magye noire ; je me perds en elle et la seule chose qui me relie au reste du monde, c'est Daniel. Quelle ironie !

- SB

Cette nuit-là, j'ai rêvé que Selene se transformait en oiseau géant et qu'avec ses serres elle m'enlevait et me portait jusqu'à son nid, où Nicolas m'attendait. Je l'ai vu se transformer en oisillon et ouvrir grand le bec, attendant que sa mère me lâche pour le nourrir. Lorsque je me suis réveillée, en sueur, il faisait déjà jour.

J'ai passé la matinée à éviter de penser à Nicolas. Par trois fois, j'ai décroché le téléphone pour appeler Hans, mais je n'ai jamais réussi à composer son numéro. Qu'aurais-je pu lui dire ?

Finalement, j'ai décidé d'aller faire un tour en voiture. Alors que j'allais ouvrir la portière de Das Boot, mes sens se sont mis en alerte : Hans arrivait. Quand je l'ai vu se garer devant chez moi, je me suis sentie à la fois folle de joie et inquiète.

Comme il ne semblait pas vouloir descendre, je l'ai rejoint. Je priais pour avoir l'air normale.

— Il faut qu'on parle. Je peux te déposer quelque part ? m'a-t-il demandé par la vitre baissée.

— En fait, je comptais juste aller me balader…

— On pourrait passer à *Magye Pratyque*, qu'est-ce que tu en dis ? Je dois récupérer des huiles essentielles. Et toi, tu dois parler à Alyce.

Je suis donc montée dans sa voiture, et nous sommes partis.

— Ce matin, Ada et moi avons examiné l'escalier en bois, m'a-t-il annoncé. On l'a scié, c'est sûr, et sans avoir recours à la magye.

— Et donc ?

— Donc je ne sais plus quoi penser, a-t-il admis.

« Est-ce Nicolas ? me suis-je demandé. Est-ce qu'il essayait de nous tuer tous les deux ? Et s'il avait également saboté les freins de la voiture de Hans ? Mais pourquoi ne pas se servir de la magye, alors ? J'ai peut-être tort de ne pas dire à Hans que j'ai vu Nico... »

Lorsque nous sommes arrivés à la boutique, Alyce nous a invités pour le déjeuner. J'ai appelé mes parents pour les prévenir que je ne rentrerais pas ce midi-là. Je ne m'étais pas rendu compte de ma faim avant de sentir la bonne odeur de rôti qui flottait dans l'appartement d'Alyce. Hans et moi, on s'est attablés et on a vidé le plat en moins de deux, sous son regard attendri.

— Tu sais, Morgane, j'ai beaucoup réfléchi au tàth meànma brach, a-t-elle annoncé alors que j'essuyais mon assiette avec un bout de pain. C'est une affaire sérieuse...

J'ai hoché la tête. Son expression grave était de mauvais augure. Elle allait refuser. Hans et elle ont échangé un regard et, soudain, mon appétit a disparu.

— On peut rencontrer des difficultés, a-t-elle poursuivi. Physiquement et émotionnellement, c'est une véritable épreuve, pour les deux sorciers.

Voilà... c'était fichu, j'en avais trop demandé...

— Mais je comprends que tu veuilles le faire, et Hans pense lui aussi que c'est une bonne idée. Donc j'accepte. Tu es une cible du groupe de Selene et tu dois être capable de te protéger. En joignant ton esprit au mien, tu apprendras ce que je sais et tu seras bien plus forte, bien plus à même de te défendre.

J'ai souri : mon humeur maussade s'étaient envolée.

— Mais attention, tu devras te libérer mentalement de tout ce qui pourrait venir te distraire. Et tu devras suivre la préparation au rituel. Hans et Ada pourront t'aider. Nous n'avons pas de temps à perdre ; je pense que demain soir serait le mieux.

Pendant le trajet du retour, je me sentais heureuse comme jamais je ne l'avais été depuis des semaines. La perspective d'absorber toutes les connaissances d'Alyce m'électrisait.

— Merci d'avoir parlé à Alyce, ai-je dit soudain. De l'avoir encouragée à accepter.

— Sa décision n'appartient qu'à elle, a répondu Hans d'un air distant.

À voir son attitude réservée, j'ai compris que nous nous ressemblions beaucoup, et que cela expliquait pourquoi on se disputait si souvent. Avec Nicolas, tout avait toujours été simple et clair, c'était lui qui prenait l'initiative. Ce qui m'arrangeait, vu ma timidité. Mais Hans était comme moi, il préférait que ce soit l'autre qui fasse le premier pas... Pourtant, on s'était embrassés plusieurs fois, alors où en était-on ? Est-ce qu'on sortait ensemble ou quoi ?

« Il faut que je m'implique plus, ai-je soudain réalisé. Si je veux que notre relation devienne sérieuse, il faut que je sois sincère et que je lui fasse confiance. »

Mais d'abord… d'abord, je devais lui dire pour Nico. Ce secret-là pesait bien trop lourd entre nous : Hans était lui aussi en danger, peut-être même plus encore que moi. Il me restait à espérer qu'il me comprendrait…

J'ai respiré un grand coup. « Allez ! Vas-y ! » me suis-je encouragée.

— J'ai vu Nicolas hier soir.

Hans s'est crispé, ses mains ont serré le volant si fort que ses phalanges ont blanchi. Il m'a jeté un coup d'œil puis a stoppé la voiture sur le bas-côté.

— Quand ça ? a-t-il demandé froidement. Quand je t'ai rattrapée sur la route ?

— Oui, ai-je avoué. Ce n'était pas un daim que j'avais failli écraser, mais lui. Il se tenait au milieu de la route, et quand il a levé la main, ma voiture s'est arrêtée toute seule.

— Et qu'est-ce qui s'est passé ? Qu'est-ce qu'il t'a fait ?

— Rien. Nous avons juste parlé. Il m'a dit qu'il était revenu pour être avec moi. Qu'il s'était rebellé contre sa mère.

— Et tu as cru à ces histoires ? s'est-il écrié, les yeux pleins d'éclairs.

— Oui, ai-je affirmé en soutenant son regard. Je l'ai lu dans son esprit. Il disait la vérité.

— Par la Déesse… Tu es complètement idiote, ou quoi ? Vous aviez déjà pratiqué le rituel du tàth meànma, et tu as vu ce qu'il t'a fait ensuite ? !

— Mais c'est moi qui le contrôlais, cette fois !

— C'est ce que tu t'imagines ! Pourquoi tu m'as menti ? Il t'a ensorcelée, c'est ça ?

— Non ! C'est juste que… je venais de te dire qu'il m'avait appelée, et tu étais complètement paniqué. J'ai pensé que si je te disais qu'il était revenu, vous finiriez par vous battre…

— Bon sang, Morgane, ça fait trois semaines qu'on cherche Nicolas et Selene partout ! Et soudain, tu me sors : « Tu sais quoi, je sais où il est ! » À quoi tu joues, à la fin ?

Je détestais qu'il me regarde ainsi, comme s'il ne me faisait plus confiance… comme s'il ne m'avait jamais fait confiance. À ma plus grande honte, je me suis mise à pleurer.

— C'est… c'est compliqué ! ai-je lancé en ravalant mes larmes. Je suis paumée… J'aimais Nico, et je ne veux pas que vous vous entre-tuiez !

— Tu l'aimais, et alors ? Quel est le rapport ? Tu es aveugle ? Il a essayé de te tuer, Morgane, tu ne te rends pas compte !

— Ce n'était pas entièrement sa faute ! ai-je crié en voyant la fureur dans son regard. Tu le sais bien. Selene l'a élevé seule pendant dix-huit ans. Tu crois que tu aurais été différent, dans sa situation ? Je suis peut-être stupide, mais je ne suis pas aveugle. Je crois surtout que je ne sais plus où j'en suis.

— Comment ça, tu ne sais plus où tu en es ? Tu l'aimes encore, c'est ça ?

— Arrête de déformer mes paroles ! Tout ce que je dis, c'est que je l'aimais, et que je croyais que c'était réciproque. Je ne l'ai pas oublié…

Un silence pesant s'est installé entre nous. Je voyais bien qu'il essayait de contrôler sa colère.

Soudain, les traits de son visage se sont radoucis, et j'ai senti sa main se poser sur ma nuque et me caresser les cheveux.

— Je suis désolée, ai-je murmuré.

— Qu'est-ce que tu veux, Morgane ? Je sais que tu étais heureuse avec lui, et je voudrais que tu le sois avec moi, maintenant, a-t-il repris d'une voix douce, en se penchant vers moi. Mais je ne suis pas Nicolas, et je ne le serai jamais. Si tu veux de moi, tu dois me le dire. J'ai besoin de l'entendre de ta bouche...

Je l'ai dévisagé. Nicolas avait toujours eu le dessus, dans notre relation. Pourquoi Hans me demandait-il de me dévoiler ?

— Morgane, a-t-il continué comme s'il lisait dans mes pensées, je peux te dire ce que moi, j'attends de nous. Mais si toi-même tu ne sais pas ce que tu veux, je ne peux rien t'imposer. C'est à toi de me le dire...

Son visage ne se trouvait qu'à quelques millimètres du mien. Je voyais son regard vulnérable et je sentais ses lèvres chaudes tout près des miennes.

— Tu comprends ?

J'ai acquiescé, mille pensées tournoyant dans mon esprit.

— Alors ? a-t-il insisté.

Je me suis demandé si j'en étais capable, si j'étais assez courageuse pour cela... mais j'ai gardé le silence.

— Bon.

Il s'est redressé et a redémarré la voiture. Ce n'est qu'une fois arrivés devant chez moi qu'il a repris la parole.

— Je dois partir à sa recherche. Tu sais que je n'ai pas le choix, n'est-ce pas ?

J'ai hoché la tête, à contrecœur.

— Ne lui fais pas de mal, ai-je chuchoté, les yeux baissés.

— Ça, je ne peux pas te le promettre. Mais j'essaierai. Tu réfléchiras à ce que je t'ai dit ?

De nouveau, j'ai acquiescé en silence. Il a posé sa main sous mon menton et m'a donné plusieurs baisers. J'aurais voulu qu'il ne s'arrête jamais…

11.

Le cimetière

Beltane, 1979

Il y a à peine vingt-quatre heures que je suis mariée, et déjà mon époux menace de me quitter. Il pense que j'ai orchestré la cérémonie sans tenir compte de ses désirs, que je l'ai trahi... Il s'en remettra et il se rendra compte que nous étions bel et bien faits l'un pour l'autre.

Pourquoi ai-je épousé Daniel O'Neal ? Parce que je le voulais trop pour le laisser partir, parce que j'ai besoin de savoir qu'il ne vit que pour moi. Tous ceux qui me connaissent sont persuadés que j'ai perdu la tête. Mais j'ai pris la bonne décision, je le sais.

La cérémonie était telle que je l'avais toujours rêvée : sous la pleine lune, nous étions nus, entourés par les autres membres de Turneval qui chantaient, tandis qu'un lourd parfum d'herbes flottait dans l'air et que le feu de joie nous réchauffait. Là, nous avons uni nos lèvres, mais Daniel s'est senti humilié d'être ainsi exposé aux yeux de tous.

Comment concilier mes deux vies ? Comment lui dissimuler mes travaux au sein d'Amyranth ? Comment le protéger de ce cercle qu'il ne comprendrait pas ?

- SB

Le dimanche matin, j'ai de nouveau manqué la messe, malgré le regard désapprobateur de ma mère. J'ai même refusé de les rejoindre au restaurant où nous déjeunions habituellement après l'office : je jeûnais pour me purifier avant d'accomplir le rituel de tàth meànma brach. J'ai donc passé la matinée à méditer dans ma chambre pour clarifier mon esprit, comme me l'avait recommandé Alyce.

À onze heures, je mourais déjà de faim. À midi, je venais tout juste de sortir mon autel de ma penderie quand Hans a téléphoné.

Il m'a dit d'une voix neutre qu'il avait fouillé la maison de Selene et les environs, mais que Nicolas demeurait introuvable.

— J'ai hâte d'être à ce soir, ai-je lancé pour changer de sujet. Mais je suis un peu nerveuse.

— C'est normal, ne t'inquiète pas. Tu peux venir à la maison vers trois heures. Ada et moi, on t'aidera à te préparer. Tu devras boire une infusion spéciale et prendre un bain pour être parfaitement purifiée. Ada te prêtera une robe de lin vert. Tu n'as qu'à dire à tes parents que tu as prévu de dîner chez nous et que tu rentreras tard.

— Entendu, ai-je murmuré, un peu effrayée par ce qui m'attendait.

— Ça va aller, Morgane, m'a-t-il rassurée d'une voix plus douce. Tu es forte, plus forte que tu ne le crois.

De retour dans ma chambre, j'ai voulu me livrer à une séance de méditation, mais mon esprit était bien trop préoccupé par Nicolas pour que je parvienne à faire le vide.

Il fallait que je lui parle, que je sache une bonne fois pour toutes ce que je ressentais pour lui. Sans cela, je ne pourrais jamais tourner la page et je ne pourrais pas non plus faire le tàth meànma brach avec Alyce.

Je n'avais pas le choix, même si c'était risqué. Avant d'avoir eu le temps d'y réfléchir vraiment, j'avais pris Das Boot pour me rendre au vieux cimetière, là où il s'était déjà passé tant de choses.

Je me suis assise sur la pierre tombale qui nous avait servi d'autel et, essayant d'ignorer le froid mordant et la peur, j'ai appelé Nicolas à moi.

Après ce qui m'a semblé une éternité, il est apparu entre les genévriers qui bordaient le cimetière.

— Morgane, a-t-il commencé en s'approchant d'un pas silencieux.

— Merci d'être venu.

Je sentais qu'il était méfiant, qu'il avait déployé ses sens comme pour s'assurer que j'étais venue seule.

La dernière fois que nous nous étions retrouvés là, il m'avait traînée de force jusque chez lui et avait essayé de me tuer. Aujourd'hui, malgré une légère appréhension, je me sentais plus forte, plus préparée. Cette fois-ci, je n'hésiterais pas à appeler Hans à l'aide.

— Je suis content que tu m'aies appelé, a-t-il déclaré en se plaçant devant moi, accroupi, avant de poser ses mains sur mes genoux.

Instinctivement, j'ai eu un mouvement de recul face à ce geste si familier.

— J'ai tant de choses à te dire, à te faire partager... Mais je ne sais pas à quel point Giomanach t'a influencée...

Il avait craché le nom de sorcier de Hans comme une insulte.

— Nicolas, je dois savoir la vérité. Tu t'es vraiment retourné contre Selene ? Tu veux l'arrêter maintenant ?

Une nouvelle fois, il a posé ses mains sur mes genoux ; je sentais la chaleur de sa peau à travers mon jean.

— Oui, m'a-t-il confirmé en approchant son visage du mien. J'ai coupé les ponts. Selene est ma mère, et j'ai toujours été loyal envers elle. Cependant, je me rends compte que ce qu'elle fait est mal, qu'il ne faut pas puiser dans la magye noire. J'ai choisi de te rejoindre, Morgane. Je t'aime.

D'un geste, j'ai enlevé ses mains, ce qui a eu l'air de le contrarier.

— Je me souviens d'une époque où tu ne me repoussais pas. Au contraire, a-t-il grondé.

— C'était avant que tu essaies de me tuer, ai-je rétorqué, furieuse.

— Non ! Je voulais te sauver !

— Tu voulais me contrôler ! Tu m'as manipulée, tu ne m'as jamais laissé le choix !

— Morgane, a-t-il repris d'un ton posé qui m'a énervée encore plus, tu venais juste de découvrir la Wicca. Il fallait que je te guide, c'était mon devoir. Tu as bien vu ce qui est arrivé quand tu as jeté un sort à Xavier. Tu étais un vrai danger public. Mais ça ne m'empêche pas de t'aimer comme un fou, Morgane. Tu me complètes, tu es mon âme sœur, ma mùirn beatha dàn. En joignant nos pouvoirs, nous pourrions révolutionner le monde de la magye…

— Non, Nicolas, ai-je répliqué malgré la douleur qui me transperçait de part en part. Je ne suis pas ta mùirn beatha dàn, et nous deux, c'est fini pour de bon.

Pourquoi était-ce si dur, même après tout ce qu'il m'avait fait subir ?

Il m'a dévisagée de son regard doré, et j'ai cru entrevoir au fond de ses yeux un éclair de folie. « Par la Déesse, me suis-je dit en prenant peur, pourquoi suis-je venue là toute seule ? »

— Morgane, je t'aime, a-t-il susurré comme pour m'amadouer, avec une expression qui jadis m'aurait fait fondre. Et toi, tu m'aimes aussi, tu le sais.

« Comment me sortir de cette situation ? Ce n'est pas là le Nicolas que j'ai connu. D'ailleurs, a-t-il jamais existé ? » Je savais juste que je devais partir d'ici, et vite. Il me faisait de plus en plus peur. Il me répugnait, même.

Et là, comme si je venais de souffler sur une bougie, les sentiments que je nourrissais encore pour lui ont disparu.

— Arrête, Nicolas, ai-je protesté. C'est faux.

— Morgane, écoute-moi...

— C'est trop tard, Sgàth !

C'était la voix de Hans. Comment avait-il pu surgir ici sans que nous le sentions ?

— Tu n'as rien à faire là, a lancé Nicolas.

Je sentais qu'il appelait la magye à lui, comme s'il se préparait à se battre. J'ai quitté ma place sur la pierre tombale : je ne voulais pas me retrouver entre eux une nouvelle fois.

— Hans, pourquoi es-tu là ? ai-je demandé.

— J'ai senti une présence malsaine dans les environs... Alors je suis venu enquêter, c'est mon boulot. C'est toi qui as saboté mes freins, hein, Sgàth ? Et l'escalier en bois aussi, pas vrai ?

— Exact. Tu te demandes quelles autres surprises je t'ai réservées, n'est-ce pas ?

— Pourquoi tu ne t'es pas servi de ta magye ? C'est parce que, sans ta mère, tu ne peux rien faire ?

— Je ne m'en suis pas servi pour ne pas gaspiller mon talent contre toi. Je suis bien plus fort que tu ne le seras jamais !

— Seul, tu ne vaux rien du tout. Et Morgane le sait, c'est pour ça qu'elle est là.

Nicolas s'est tourné vers moi, le visage déformé par la colère.

— Morgane ! a-t-il crié. Tu m'as tendu un piège !

— Non ! Je voulais simplement te parler. Je ne savais pas qu'il viendrait.

À son tour, Hans m'a fusillée du regard.

— Comment as-tu pu l'appeler en cachette, après tout ce que je t'ai dit ! Comment peux-tu encore l'aimer ?

— Mais je ne l'aime pas ! ai-je hurlé.

Au même moment, Nicolas a levé les mains et commencé une incantation dans une langue inconnue aux accents gutturaux.

Hans a sorti son athamé. Le saphir a brillé sous les rayons du soleil d'hiver. Ils étaient prêts à s'affronter. J'ai senti la fureur monter en moi : je ne pouvais pas les laisser faire, je ne voulais pas revivre ça... J'ai senti un flot de puissance monter en moi comme une mer déchaînée. Il fallait que je les arrête, et vite.

— Clathna berrin, ne ith rah...

Les mots de gaélique franchissaient mes lèvres tout seuls. Hans et Nicolas se sont figés, le regard rivé sur moi.

— Clathna ter, ne fearth ullna stàth, ai-je continué d'une voix de plus en plus assurée. Morach bis, mea cern, cern mea.

Je savais exactement ce que je faisais : j'ai ouvert les bras en grand et j'ai regardé, non sans un certain plaisir, Nico et Hans tomber à genoux devant moi.

— Clathna berrin, ne ith rah ! ai-je crié, et ils se sont retrouvés à quatre pattes, sans défense face à mon pouvoir.

J'avais l'impression d'assister en spectatrice à cette scène, tant j'avais du mal à en croire mes yeux. La main toujours tendue vers Nicolas pour le maintenir au sol, je me suis rapprochée de Hans.

Il n'a rien dit, mais, à voir la lueur rageuse dans ses yeux, j'ai compris que je ne pouvais pas encore le libérer.

— Lève-toi, lui ai-je ordonné. Monte dans ma voiture.

Il a obéi comme un automate. Sans relâcher mon emprise sur Nicolas, j'ai suivi Hans à reculons et j'ai sorti mes clefs. Puis j'ai tracé des sceaux dans l'air – des runes qui m'étaient pourtant inconnues – pour que Nicolas reste immobilisé le temps que nous partions.

Ensuite, j'ai sauté derrière le volant et j'ai démarré en trombe.

Lorsque nous sommes arrivés devant chez lui, j'ai libéré Hans mais je n'ai pas eu le courage de le regarder.

Sans un mot, il est descendu de voiture, a claqué la portière et s'est rué à l'intérieur. Je me sentais faible, à cause du jeûne et aussi à cause de l'énergie que je venais de dépenser. Je me suis ressaisie et je l'ai suivi : il fallait que je lui parle.

Quand je suis entrée dans le salon, Ada m'a accueillie silencieusement en pointant du doigt les escaliers. J'ai gravi les marches quatre à quatre et je suis entrée dans la chambre de Hans sans frapper.

Il était allongé sur son lit, les yeux rivés au plafond. Il n'avait même pas pris la peine d'enlever sa veste et ses chaussures.

— Va-t'en, m'a-t-il lancé sans même se tourner vers moi.

Je ne savais pas quoi dire. J'ai laissé tomber mon manteau au sol et je me suis allongée près de lui, sous son regard incrédule. J'ai cru qu'il allait me repousser, mais il n'a pas bougé. Malgré ma timidité, je me suis blottie contre lui, la tête sur son épaule.

— Excuse-moi, ai-je murmuré, priant pour qu'il sente que j'étais sincère. Je suis vraiment désolée. Je ne savais pas quoi faire. Je ne voulais pas que vous vous battiez comme l'autre fois... Pardon.

Petit à petit, j'ai senti qu'il se décontractait. Enfin, il m'a caressé les cheveux et m'a serrée dans ses bras. Je me suis sentie étrangement bien, comme si je venais de trouver un véritable refuge. Je ne savais pas s'il pourrait me pardonner un jour, mais je l'espérais de tout mon cœur.

J'ai soudain compris à quel point ce qu'il pensait de moi était important. Je voulais compter pour lui autant qu'il comptait pour moi et je voulais qu'il m'admire autant que je l'admirais.

J'ai pris mon courage à deux mains et j'ai murmuré :

— Je t'aime. Je veux être avec toi. C'est la meilleure chose qui puisse nous arriver.

— Oui, a-t-il soufflé avant de m'embrasser et de m'embrasser encore.

J'ai eu l'impression qu'un univers nouveau s'ouvrait en moi. Je me sentais infinie, intemporelle. Quand j'ai rouvert les yeux pour regarder Hans, il émanait de lui une lumière dorée, comme si le soleil avait trouvé refuge au fond de son cœur et lui prêtait son éclat.

C'était magyque.

12.

Le rituel

27 février 1980

Une fois de plus, Daniel est en Angleterre. Voilà deux semaines qu'il est parti, et je ne sais pas quand il reviendra. Je ne m'inquiète pas, il finit toujours par réapparaître. Je n'ai même pas besoin de le forcer !

Le mariage, c'est donc cela ? Lorsque nous sommes ensemble, nous nous disputons, nous nous battons, nous nous entre-déchirons, mais l'heure de la réconciliation n'est jamais loin. Notre union comporte autant d'amour que de haine...

Parfois, la tendresse prend le dessus, et nous nous tenons la main comme des adolescents. Ensuite, ses études ou bien mes travaux auprès d'Amyranth finissent toujours par nous séparer, et le cycle recommence.

Je ne sais pas si c'est cela, le mariage. En tout cas, c'est le mien.

- SB

Allongée près de Hans, qui s'était endormi, j'ai perdu la notion du temps. « Suis-je un cœur d'artichaut, à tomber amoureuse si vite après Nicolas ? Est-ce que je me prépare une nouvelle déception ? Hans m'aime-t-il ? » Je le pensais. Mais je ne savais pas combien de temps notre relation durerait, ni où elle nous mènerait. Enfin, je n'avais pas le temps de me pencher sur ces questions car je devais me préparer pour le rituel du tàth meànma brach.

Je suis sortie de la chambre sur la pointe des pieds et j'ai rejoint Ada dans la cuisine. Elle lisait le journal en buvant une tisane fumante. Elle m'a lancé un regard interrogateur.

— Je t'expliquerai tout plus tard, ai-je annoncé d'une voix lasse.

— Il est presque cinq heures, a-t-elle déclaré. Tiens, ton infusion est presque prête.

Elle a versé de l'eau bouillante sur un mélange de plantes et, après avoir laissé infuser un moment, j'ai commencé à boire. Le breuvage avait un goût de réglisse, de bois, de camomille et d'autres ingrédients que je ne reconnaissais pas.

— Quelles sont les propriétés de cette infusion ? ai-je demandé.

— En fait…

J'ai deviné avant qu'elle ait pu finir sa phrase : je me suis retrouvée pliée en deux, des crampes horribles me transperçant le ventre. Cette tisane allait finir de purifier mon corps, après le jeûne. Ada, qui essayait de ne pas rire, m'a montré la direction des toilettes.

Une fois soulagée, j'ai raconté à Ada ce qui s'était passé avec Hans et Nicolas et, à ma grande surprise, elle s'est montrée compréhensive.

— Comment tu te sens ? s'est-elle enquise ensuite.

— Complètement vidée, ai-je avoué, ce qui l'a fait sourire.

— Tiens, a-t-elle lâché en me tendant une tunique de lin vert. Je t'ai fait couler un bain, plein de plantes et d'huile pour achever ta purification. Prends ton temps, ça te fera du bien. Ensuite, mets ça, sans rien en dessous. Enlève aussi tout ce qui est bijoux, vernis à ongles, barrettes et compagnie. D'accord ?

J'ai hoché la tête puis je suis remontée à l'étage. Hans se trouvait dans la salle de bains. Il m'a sorti une grande serviette blanche et je n'ai pas pu m'empêcher de rougir. Après m'avoir jeté un regard indéchiffrable, il m'a laissée seule.

Ada avait installé des bougies partout dans la petite pièce. De la vapeur s'élevait de la baignoire, où flottaient des pétales de violettes, des feuilles de romarin et d'eucalyptus. Je suis entrée avec délice dans le bain chaud, et j'ai tout de suite senti mes muscles se détendre. Allongée dans l'eau, j'ai passé un long moment à inspirer la vapeur parfumée, puis, pour dissiper les ondes négatives qui m'entouraient, je me suis frotté la peau à l'aide des sels de bain qui tapissaient le fond de la baignoire.

J'ai senti la présence d'Ada dans le couloir. Elle a frappé à la porte avant de me prévenir :

— Plus que dix minutes. Alyce va bientôt arriver.

Je me suis dépêchée de me laver les cheveux, puis je me suis rincée à l'eau claire avant de me sécher vigoureusement avec la serviette. J'avais l'impression d'être une déesse: propre, légère, pure, presque éthérée. Les horribles événements de la journée avaient disparu de mon esprit et je me sentais prête à tout, même à changer d'un geste la disposition des étoiles dans le ciel.

J'ai démêlé mes longs cheveux avec un peigne en bois, puis j'ai enfilé la tunique. Quand je suis redescendue pieds nus, Alyce, Ada et Hans m'attendaient. Le visage d'Alyce était serein; elle s'est approchée de moi et m'a prise dans ses bras. Elle portait une tunique lavande qui ressemblait beaucoup à la mienne et, pour une fois, elle n'avait pas attaché ses cheveux: ils lui tombaient dans le dos comme une cascade argentée.

À leur tour, Ada et Hans nous ont serrées dans leurs bras. Puis j'ai vu que Hans avait commencé à tracer trois cercles de pouvoir sur le sol: un blanc, dessiné à la craie, un autre fait de sel, et un troisième, au centre, doré et parfumé comme le safran. Treize cierges longeaient le cercle extérieur.

Alyce et moi avons pénétré au centre par le côté non fermé des cercles. Une fois assises en tailleur l'une en face de l'autre, nous nous sommes regardées en souriant tandis que Hans fermait les cercles en psalmodiant des sorts de protection.

— Morgane, de Kithic, et Alyce, de Starlocket, acceptez-vous en connaissance de cause d'accomplir le rituel du tàth meànma brach ici ce soir? a demandé Ada d'un ton formel.

— Oui, ai-je répondu, pleine d'impatience.

« Étais-je vraiment prête ? Pouvais-je recevoir toutes les connaissances d'Alyce ? Et si cela tournait mal ? » me suis-je inquiétée.

— Oui, a dit Alyce à son tour.

— Alors commençons, a déclaré Hans.

Ada et lui se sont éloignés des cercles pour s'asseoir sur des coussins au fond de la pièce, prêts à intervenir en cas de besoin.

Alyce a tendu les bras et a posé ses mains sur mes épaules. Je l'ai imitée, et nous avons baissé la tête de façon que nos fronts se touchent.

Puis, à mon grand étonnement, elle a commencé à fredonner mon chant de pouvoir personnel :

An di allaigh an di aigh
An di allaigh an di ne ullah
An di ullah be nith rah
Cair di na ulla nith rah
Cair feal ti theo nith rah
An di allaigh an di aigh.

J'ai joint ma voix à la sienne et nous avons chanté ensemble ces mots anciens dont le rythme semblait calé sur les battements de nos cœurs. Peu à peu, j'ai pris conscience que les barrières entre nos esprits disparaissaient.

L'instant d'après, Alyce et moi flottions dans une sorte d'espace inconnu où nous voyions tout et rien à la fois. Dans ma tête, elle me tendait les mains et me disait : « Viens. »

Mon corps s'est crispé quand je me suis sentie aspirée vers une espèce de trou noir, et j'ai entendu Alyce murmurer : « Détends-toi, laisse-toi aller. » J'ai obéi, et je me suis soudain retrouvée dans son esprit. J'étais Alyce et elle était moi. Des vagues et des vagues de connaissances ont déferlé en moi, apportant sur le rivage de ma conscience l'intégralité du savoir d'Alyce.

— Laisse-toi aller, a-t-elle répété.

J'étais de nouveau tendue par la peur. J'ai respiré profondément et, cette fois-ci, ce sont des milliers de sceaux, de symboles, de runes et de sortilèges qui se sont immiscés en moi, des chants et des alphabets perdus, des livres savants, des plantes et des cristaux, des pierres et des métaux, accompagnés de toutes leurs propriétés. J'ai entendu un léger gémissement, et je me suis demandé s'il venait de moi. Je savais que je souffrais, comme si mon crâne devenait trop petit pour contenir tout ce que ma tête abritait. Pourtant, la douleur n'était rien comparée à la joie immense que m'apportait ce savoir.

Oh, oh, ai-je pensé en voyant s'ouvrir devant mes yeux des fleurs psychédéliques accompagnées de branches épineuses et d'une odeur âcre de fumée. C'en était trop pour moi : j'ai senti la bile remonter dans ma gorge et j'ai remercié la Déesse de ne plus rien avoir à vomir…

Ensuite, j'ai vu une Alyce plus jeune, une Alyce adolescente aux cheveux châtains couronnés de lauriers tandis qu'elle dansait autour d'un mât de cérémonie. Toute sa vie a défilé devant mes yeux, ses premiers émois magyques et amoureux, ses premières déceptions aussi, jusqu'à l'affaire de David qui l'avait beaucoup affectée.

C'est alors qu'une nouvelle avalanche de sortilèges a envahi mon esprit : des sorts de protection, d'illusion, de force ; des sorts pour repousser le mal, rester éveillé, soigner, apprendre plus vite, aider une femme à accoucher, soulager les malades et réconforter les endeuillés.

Je voulais appeler à l'aide, j'avais l'impression d'étouffer. Soudain, j'ai senti que l'essence même d'Alyce était en moi : son pouvoir de femme, ses liens avec la terre et les cycles de la lune. Un sourire s'est dessiné sur mes lèvres tandis que la joie bouillonnait en moi : j'étais Alyce, et elle était moi ; nous étions liées, à jamais.

Il s'agissait d'une magye merveilleuse, magnifique ; plus Alyce me transmettait, plus elle recevait en retour. J'ai vu sa surprise devant l'étendue de mes pouvoirs, de ma puissance, de ma force, de ma magye ancestrale. Je me suis ouverte à elle sans rien lui cacher : je lui ai fait partager ma tristesse à propos de Nicolas et ma joie d'avoir découvert mon amour pour Hans, ainsi que les questions que je me posais sur mes vrais parents et mes interrogations sur mon futur.

Grâce à Alyce, j'ai compris à quel point je pouvais devenir puissante si j'exploitais mon potentiel au maximum ; et à quel point la frontière était floue entre le bien et le mal. Je me suis vue enfant, puis telle que j'étais maintenant et telle que je serais quelques années plus tard. Si seulement j'arrivais à trouver les réponses aux questions qui me hantaient, ma force serait superbe, sans égale. J'ai senti des larmes chaudes couler sur mes joues, avant de goûter leur saveur salée sur mes lèvres.

Peu à peu, nous sommes redevenues deux personnes bien distinctes. Soudain, d'un même mouvement, nous avons ouvert grand nos yeux et nous nous sommes redressées.

J'ai vu à l'expression d'Alyce qu'elle aussi avait senti cette présence qui se tendait vers moi comme pour injecter des filaments de ténèbres dans mon esprit.

— Selene, ai-je hoqueté.

Alyce a aussitôt dressé des barrières magyques afin de repousser cette force noire qui s'était diffusée autour de nous comme un brouillard nauséabond. Me souvenant sans difficulté du sort pour repousser le mal, j'ai tracé les sceaux dans l'air, organisant mes propres défenses. Selene me recherchait, elle tentait de me contrôler à distance.

L'instant d'après, elle avait disparu.

— Qu'est-ce qui s'est passé ? a demandé Ada.

— Selene, avons-nous répondu d'une seule et même voix. Mais elle est partie.

— Et comment s'est passé le rituel ? s'est enquis Hans. Comment vous vous sentez, toutes les deux ?

— Euh… je me sens bizarre, ai-je à peine eu le temps de répondre avant de m'évanouir.

13.

La grange

12 novembre 1980

Nous nous sommes encore disputés. Comme chaque jour. Cette lutte perpétuelle est éreintante. Daniel déteste Amyranth et tout ce qui est lié à ce cercle. Je me réjouis qu'il ne connaisse presque rien de nos activités – s'il savait, il me quitterait pour toujours. Et cela, je ne pourrais le supporter.

Pourquoi suis-je incapable de le laisser partir ? J'ai essayé, mais à peine ai-je souhaité son départ qu'il me manque déjà terriblement. Je l'aime, un point c'est tout. Dans nos bons moments, nous sommes heureux. Hélas, ces instants de bonheur partagé se font de plus en plus rares. Nous sommes bien trop différents.

- SB

Lundi matin, lorsque je me suis réveillée, je me sentais très mal. Je me rappelais vaguement que

Hans m'avait ramenée chez moi la veille et que je m'étais couchée à peine arrivée.

— Morgane ? a lancé Mary K. en passant la tête par la porte entrebâillée. Il est presque dix heures ; tu ne te sens pas bien ?

J'ai marmonné trois mots tandis que Dagda entrait dans ma chambre pour me rejoindre sous la couette. Il avait beaucoup grandi en quelques semaines. J'ai embrassé sa petite tête triangulaire avant de lui caresser les oreilles. Comme s'il était épuisé, il s'est effondré près de moi, les yeux fermés. Je savais très bien ce qu'il ressentait.

En fait, je savais aussi ce que Mary K. ressentait, comme si le rituel avait aiguisé ma perception. J'ai rouvert les yeux : elle se regardait dans le miroir, triste et perdue.

— Je crois que je vais passer chez Julie, m'a-t-elle annoncé. Peut-être que sa grande sœur acceptera de nous conduire au centre commercial. J'ai encore plein de cadeaux de Noël à acheter.

— Je t'aurais bien emmenée, mais là, je crois que je ne vais jamais réussir à me sortir du lit.

— Tu couves quelque chose ?

« Pas vraiment, non... », ai-je pensé.

— Sans doute un gros rhume, l'ai-je rassurée en reniflant.

Après son départ, mon intuition s'est confirmée : je distinguais la trame de mon jean, posé sur ma chaise de bureau, et même les particules de poussière collées à la peinture toute fraîche des murs. Un peu plus tard, j'ai entendu un drôle de bruit, comme si un termite géant dévorait la maison. Ce n'était que Dagda qui mangeait ses croquettes. De même, à chacune de mes respirations, je sentais mes poumons absorber l'oxygène, et j'avais conscience que ma peau réagissait au moindre contact de l'air ou du tissu qui la touchait.

Je percevais la magye partout autour de moi, partout en moi. J'espérais que cette hypersensibilité s'estomperait avec le temps, car, même si c'était merveilleux, je risquais d'en devenir folle.

Une feuille d'érable dorée est venue se coller à ma vitre. J'ai admiré le réseau complexe de ses nervures, et j'ai même cru y discerner un visage : une bouge large et ferme, un nez droit, deux yeux dorés.

« Par la Déesse ! Nicolas ! » ai-je songé.

L'instant d'après, le vent l'a emportée au loin.

Je suis restée allongée, essayant de regagner ma torpeur perdue. En vain. Depuis notre confrontation de la veille, je le craignais moins qu'avant. Cependant, penser à lui me conduisait à me souvenir de Selene : elle me recherchait et voulait ma mort.

Grâce au tàth meànma brach j'avais compris une chose cruciale : je devais absolument faire toute la lumière sur l'histoire de mes vrais parents. De cette façon, et de cette façon seulement, je serais libérée de ce fardeau et je pourrais enfin prendre la pleine mesure de mon pouvoir. Ensuite, je serais prête à affronter Selene.

J'ai fini par trouver la force de me lever et de m'habiller, avant de me recoucher aussi sec. Puis j'ai senti que Hans s'approchait de la maison. J'ai grommelé, à la fois impatiente de le voir et incapable de descendre lui ouvrir.

— Entre, Hans, ai-je murmuré tout en lui envoyant un message télépathique. Je suis dans ma chambre.

J'ai entendu son pas léger dans l'escalier, puis il est entré en catimini dans la pièce.

— Tu es sûr que j'ai le droit d'être là ? m'a-t-il demandé.

— Je suis toute seule à la maison, l'ai-je rassuré en souriant.

— Bon, si quelqu'un arrive, je sauterai par la fenêtre. Comment tu te sens ?

— Bof. Faible. Mais très, très magyque, ai-je ajouté, le sourire jusqu'aux oreilles.

— Ah non, pitié ! a-t-il lancé d'un air théâtral. N'essaye pas tout de suite tes nouveaux pouvoirs ! Et ne va pas bombarder les gens de boules de feu bleu ! Promets-le-moi !

— Tu ne me fais pas confiance, ou quoi ? ai-je soupiré.

Il s'est assis au pied du lit, une main posée sur ma jambe.

— Ah ? Parce que tu crois qu'on peut te faire confiance ? a-t-il rétorqué en riant.

Je lui ai donné un léger coup de pied, et nous avons rigolé ensemble. Je me sentais déjà mieux.

— C'est incroyable, ce qui s'est passé hier soir. Le rituel était très intense, a-t-il déclaré.

— Tu l'as dit ! Comment va Alyce ? Tu lui as parlé ?

— Elle n'est pas en meilleure forme que toi.

Ada est avec elle, ainsi qu'une autre sorcière de Starlocket. Mais elle est ravie, elle a reçu énormément de toi.

— Moins que ce que, moi, j'ai reçu d'elle. Je n'ai pas commencé à trier tout ça, d'ailleurs.

— Il te faudra beaucoup de temps, m'a-t-il prévenue.

Je l'observais, ne sachant comment formuler ce que je devais lui dire.

— Je m'excuse pour hier... La dernière fois, à côté de la falaise, je croyais que je t'avais assassiné... Je ne voulais pas revivre ça, vous voir vous entre-tuer. Je ne l'aurais pas supporté.

Son visage ne trahissait aucune émotion. Il m'écoutait, le regard grave.

— Je suis désolée de t'avoir jeté un sort d'entrave, ai-je continué. Je sais à quel point c'est horrible. Je n'ai jamais pardonné à Nicolas de m'avoir immobilisée. Mais je ne savais pas quoi faire d'autre pour vous arrêter, et pour te tirer de là. Pardon...

— Nicolas doit répondre de ses actes, a-t-il répondu d'un ton calme. Il doit comparaître devant le Haut Conseil. Et c'est à moi de le leur amener.

J'ai hoché la tête, essayant d'accepter cette idée.

— Demain, c'est Yule, a-t-il enchaîné.

— C'est vrai, j'avais perdu le fil des jours. J'espère que je serai en état de célébrer ça.

— Je ne m'inquiète pas, m'a-t-il rassurée en souriant.

— Il y a autre chose que je dois faire demain. Si j'arrive à bouger.

— Quoi donc ?

— Il faut que je retourne à Meshomah Falls – là où habitaient mes vrais parents. Je veux retrouver la grange où ils sont morts.

— Pourquoi ?

— Pour apprendre. J'ignore tant de choses. Qui y a mis le feu ? Pourquoi ? Il faut je le sache. Je ne serai jamais en paix tant que je ne le saurai pas. Je l'ai compris hier, pendant le rituel.

Hans m'a dévisagée un long moment avant de dire :

— C'est dangereux, tu sais. Nicolas rôde dans les environs et Selene ne doit pas être loin.

Comme je ne répondais pas, il a réfléchi un instant avant de hocher la tête.

— Très bien, a-t-il conclu. Je passe te prendre à dix heures demain matin ?

Décidément, je l'aimais plus que tout !

Le lendemain, c'est Hans qui a conduit car je ne me sentais pas tout à fait remise de mes émotions. Je l'ai guidé jusqu'à un champ, aux abords de Meshomah Falls. Je suis descendue de voiture en laissant les instruments de Maeve dans le coffre : pour le moment, je n'en aurais pas besoin.

Hans m'a suivie jusqu'au milieu du champ.

— Bon. Maintenant, il faut qu'on trouve cette grange, a-t-il déclaré.

Les bras le long du corps, j'ai fermé les yeux et j'ai gommé mes pensées, mes sensations. Je ne ressentais plus la chaleur du soleil d'hiver sur mon visage ni même le vent dans mes cheveux. Puis j'ai soudain vu où se trouvait jadis la grange ; j'ai mémorisé à quoi ressemblaient les environs ainsi que l'itinéraire pour nous y rendre. Une fois que tout a été clair, j'ai rouvert les yeux. La tête me tournait un peu.

— Ça y est, ai-je annoncé en repartant vers la route. Je sais où c'est.

— Tu es sûre que tu en es capable ? s'est enquis Hans tandis qu'on remontait en voiture.

— Il le faut... Je... je n'ai pas le choix. Prends la prochaine à gauche.

Après nous être perdus deux ou trois fois, nous sommes arrivés un quart d'heure plus tard.

— C'est là ! ai-je lancé en reconnaissant un grand sapin tordu que j'avais remarqué dans ma vision.

Cette fois-ci, j'ai emporté les instruments de ma mère avec moi et j'ai traversé la grande prairie boueuse, Hans sur les talons. À l'affût du moindre signe, j'ai déployé mes sens, mais tout avait l'air mort autour de nous. Aucun oiseau, aucun animal ne semblait vivre par ici.

— Alors, Morgane ? Qu'est-ce que tu en dis ? a demandé Hans en scrutant le paysage désolé.

— On est tout près. Tout près d'un truc très moche.

J'ai ralenti l'allure, les yeux rivés au sol. Soudain, je me suis figée, comme si une main invisible s'était posée sur mon épaule. Accroupie, j'ai inspecté les mottes de terre, ne sachant même pas ce que je cherchais. C'est là que je les ai vues : les fondations calcinées d'une ancienne construction. J'avais trouvé l'emplacement de la grange.

— Et maintenant ? a fait Hans.

— J'ai besoin de mes instruments.

Je l'ai prié de se retourner pendant que je me déshabillais et que j'enfilais la robe de Maeve. Ensuite, on s'est assis au centre des ruines. J'ai déposé devant moi plusieurs cristaux et deux pierres de sang, puis on a tracé un cercle autour de nous à l'aide d'un bâton et, enfin, on a fermé les yeux. L'athamé de ma mère dans une main, sa baguette dans l'autre, j'ai pris une grande inspiration pour relâcher la tension, et je me suis perdue dans le néant.

Il faisait sombre, à l'intérieur de la grange. Angus et moi nous tenions au milieu de la pièce. Nous entendions distinctement les bruits de pas à l'extérieur. Je murmurais des sortilèges, des incantations que je n'avais pas utilisées depuis deux ans. Ma magye me semblait engourdie, diminuée, comme une lame émoussée devenue inutile. Près de moi, je sentais la peur d'Angus, son désespoir. « Pourquoi gaspiller ton énergie pour ces émotions ? » aurais-je voulu lui demander. J'avais envie de crier.

Mes yeux se sont habitués aux ténèbres et l'odeur de foin, de bétail et de cuir m'a rempli les narines. Je continuais à psalmodier, appelant le pouvoir avec ma chanson : « An di allaigh an di aigh... » J'ai voulu déployer mes sens, mais ils se sont recroquevillés en moi.

Nous étions comme prisonniers dans une cage de cristal – cage qui nous renvoyait notre magye au lieu de la laisser œuvrer.

Soudain, j'ai senti les premiers filets de fumée. Angus m'a agrippé la main, mais je me suis libérée d'un geste rageur, furieuse qu'il m'ait aimée pendant toutes ces années, alors qu'il savait que ce n'était pas réciproque. Pourquoi n'avait-il pas exigé davantage de moi ? Pourquoi ne pas m'avoir quittée ? Peut-être qu'il ne serait pas mort ainsi, à mes côtés.

De la fumée. Partout. J'entendais les crépitements affamés du feu qui léchait la base de la grange et nous piégeait dans un cercle de flammes. Le bâtiment était vieux, sec, et le bois à moitié pourri : il ne demandait qu'à partir en fumée. Comme l'avait prévu Ciaran.

— Notre enfant, a murmuré Angus d'une voix emplie de douleur.

— Elle est en sécurité, l'ai-je rassuré, malgré la culpabilité qui m'assaillait et diminuait encore l'étendue de mes pouvoirs. Elle sera toujours en sécurité.

Il n'était peut-être pas trop tard. Je pouvais peut-être trouver un moyen de nous sortir de là. Ma magye ne m'avait pas quittée, même si elle était un peu rouillée. « An di allaigh an di aigh... », ai-je répété une nouvelle fois.

À peine avais-je prononcé ces mots que la cage a semblé rétrécir, se contracter, se refermer sur nous. J'ai toussé malgré moi, je venais d'inspirer de la fumée. À cet instant, j'ai compris que tout était perdu.

La fin était proche. Ciaran signerait ma mort. Lui qui m'avait fait découvrir l'amour allait me tuer. Je regrettais amèrement qu'Angus doive mourir à mes côtés; J'essayais de me consoler en me disant qu'il l'avait choisi. Toujours, il m'avait suivie.

La panique frappait à la porte de mon esprit. Je l'ai combattue. J'essayais de rester calme, de penser à mon bébé, mon magnifique bébé avec ses petits cheveux tout doux, de la même couleur que ceux de ma mère. Avec ses yeux bruns en amande, si semblables à ceux de son père. Le bébé le plus parfait du monde – la magye ancestrale de Belwicket coulait dans ses veines.

Jamais elle ne courrait pareil danger. Jamais elle ne connaîtrait son héritage. Je m'en étais assurée.

Il m'était de plus en plus difficile de respirer ; j'ai fini par tomber à genoux. Angus n'arrêtait pas de tousser, se servant de sa chemise pour se couvrir le nez et la bouche.

Ciaran. Même à cet instant, dans ces circonstances, je ne pouvais oublier les sentiments que j'avais éprouvés pour lui. Nous étions faits l'un pour l'autre, nous étions des mùirn beatha dàns. Mais il était marié et père de famille. Alors j'avais choisi Angus. Pauvre Angus. Et puis Ciaran avait choisi les ténèbres…

La tête me tournait. La sueur perlait sur mon visage et dans mes cheveux. La suie me brûlait les yeux. Angus toussait toujours. Tandis que je m'effondrais sur le sol, sentant la chaleur m'oppresser de tous côtés, je lui ai pris la main. Je ne chantais plus. C'était inutile. Ciaran avait toujours été plus fort que moi : il avait réussi la Grande Épreuve.

Je n'avais jamais eu aucune chance contre lui.

14.

L'appât

Novembre 1981

Je suis enceinte. La grossesse est une expérience physiologique étrange, comme si je ne contrôlais plus mon corps. C'est à la fois exaltant et terrifiant, comme d'être membre d'Amyranth, en fait.

Bien sûr, Daniel est furieux. Nous nous étions mis d'accord pour ne jamais avoir d'enfants, tant notre mariage était chaotique. Mais je voulais un bébé, une part de lui qui serait toujours à mes côtés, qui ne me quitterait jamais. Je me suis servie de ma magye pour contrer son sort de contraception. Rien de plus facile.

Du coup, Daniel est reparti en Angleterre tandis que moi, je me suis installée à San Francisco, où le cercle d'Amyranth est bien implanté.

Je me demande ce qui le pousse sans cesse à retourner en Angleterre. En trois mois, c'est son troisième voyage. Mais il reviendra bientôt. Comme toujours.

- SB

Quand j'ai ouvert les yeux, des larmes ruisselaient sur mon visage. Hans m'observait, l'air calme et doux. D'un geste de la main, il a essuyé mes joues.

— Tu as vu tout ça ? lui ai-je demandé, la gorge serrée.

— Un peu, a-t-il répondu en m'aidant à me relever.

Nous étions frigorifiés. Je n'avais qu'une hâte : quitter cet endroit au plus vite en laissant toutes ces émotions derrière moi.

— La vision était assez floue pour moi, a-t-il expliqué alors qu'on marchait vers la voiture bras dessus bras dessous.

Le temps que je me change, il s'était installé au volant. J'ai pris place à ses côtés, pleurant de plus belle. Hans m'a prise dans ses bras et m'a caressé les cheveux.

— C'est Ciaran, ai-je murmuré. Le grand amour de ma mère. Il les a tués, elle et Angus.

— Pourquoi ?

— Je ne sais pas... Parce qu'elle l'avait rejeté en découvrant qu'il était marié ? Parce qu'elle avait préféré Angus ? Je n'en sais rien.

Je suis restée un instant ainsi, dans la chaleur de ses bras. Soudain, Hans s'est crispé et, quand j'ai fermé les yeux, j'ai senti moi aussi le danger.

— Selene, ai-je chuchoté.

Sans attendre, j'ai dressé les barrières magyques que j'avais héritées d'Alyce : sorts pour repousser le mal, sorts de protection, de dissimulation et de force. Lorsque la pression de Selene pour pénétrer mon esprit s'est renforcée, j'ai saisi la main de Hans et nos pouvoirs se sont joints.

L'instant d'après, l'intruse avait disparu.

— Elle est déterminée, a constaté Hans, l'air soucieux. C'est la deuxième fois qu'elle essaye de te contrôler. Elle doit être très proche. Bon sang ! Nous l'avons cherchée partout. Tous les jours, je lance des sorts de divination pour la localiser... En vain.

Je me sentais nauséeuse, comme si j'allais vomir. Hans a dû me trouver pâle parce qu'il m'a jeté un regard inquiet.

— Ne t'inquiète pas, nous finirons par découvrir où elle se cache. Abaisse ton siège, a-t-il suggéré, et repose-toi pendant le trajet.

J'ai obéi et j'ai aussitôt sombré dans un profond sommeil réparateur. Quand Hans m'a réveillée, j'ai été surprise de voir que nous étions déjà arrivés devant chez moi. À le voir penché vers moi, j'ai été une nouvelle fois frappée par sa beauté. Il a posé ses lèvres sur les miennes et je l'ai serré contre moi.

Puis il m'a observée d'un air grave.

— Il faut que nous discutions de ta vision, a-t-il déclaré doucement.

— Oui. Tu pourrais peut-être venir chez moi quelques minutes ? Si on reste dans le salon, ma mère nous laissera tranquilles... Enfin, j'espère !

Il m'a fait un grand sourire et m'a suivie jusqu'à la porte d'entrée. Avant que j'aie eu le temps de sortir mes clefs, ma mère a surgi sur le perron.

— Morgane ! Dieu soit loué, tu es rentrée ! Mary K. n'est pas avec toi ? Sais-tu où elle est ?

— Non, ai-je avoué, sentant la panique m'envahir. Je l'ai vue ce matin, elle devait aller chez Julie. Qu'est-ce qui se passe ?

— Justement ! Julie a laissé un message pour Mary K. ; elle voulait savoir pourquoi elle lui avait posé un lapin ! a répondu ma mère, au bord de l'hystérie.

— Elle est peut-être partie faire du shopping, ai-je suggéré même si je n'y croyais pas vraiment. Ou bien elle est allée à l'église... Mais c'est bizarre qu'elle ait posé un lapin à Julie...

— Cela ne lui ressemble pas du tout ! s'est emportée ma mère. Elle ne ferait jamais une chose pareille, tu la connais...

Elle avait raison. Mary K. était du genre fiable et ponctuelle, toujours à l'heure à ses rendez-vous. À voir l'expression de Hans, j'ai compris qu'il pensait comme moi : un sort de divination nous permettrait de savoir où elle était... Il fallait donc qu'on s'isole.

— Tu sais quoi, maman ? Hans et moi, on va faire le tour du centre commercial et passer à l'église. Je t'appelle dans une heure pour te dire où on en est. Elle avait probablement rendez-vous avec une autre de ses copines, et elle a oublié de laisser un mot. Je suis sûre qu'elle va bien...

— Tu as raison... Je dois m'inquiéter pour rien. Mais elle ne part jamais sans dire où elle va !

Hans et moi, nous avons regagné la voiture. Au moment où j'ouvrais la portière, la voisine, Mme DiNapoli, est sortie de chez elle.

— Bonjour, Morgane, m'a-t-elle saluée en serrant son manteau contre elle. J'ai oublié d'acheter de la farine, et j'en ai besoin pour ce soir. Tu crois que tes parents auraient ça dans leurs placards ?

— Bien sûr, ai-je répondu. Maman est rentrée, demandez-le-lui.

— D'accord, a-t-elle fait en s'apprêtant à remonter l'allée vers chez moi. Dis donc, c'était une sacrée voiture, tout à l'heure. À qui appartient-elle ?

— Pardon ?

— La Jaguar qui est venue prendre Mary K.

Je me suis figée.

— Vous avez vu Mary K. monter dans une Jaguar ?

— Oui, une magnifique Jaguar verte.

Je ne connaissais qu'une seule personne qui possédait une Jaguar verte : Selene. J'ai jeté un œil vers Hans : une fois de plus, nous pensions la même chose. Il a hoché la tête avant de monter dans la voiture et de démarrer.

— Je ne sais pas trop à qui elle était, ai-je menti.

Une de ses copines a dû l'emprunter à ses parents. Excusez-nous, mais il faut qu'on y aille.

J'ai pris place à côté de Hans et nous avons filé vers l'autre bout de la ville. Nous savions maintenant où commencer les recherches : dans l'ancienne maison de Nicolas.

15.

Le piège

Avril 1982

Le bébé doit naître en juin. Avec mon gros ventre, je ressemble à la Déesse : fertile et pleine de vie.

Voilà sept mois que mon état m'empêche de prendre part aux activités d'Amyranth. Les autres membres sont compréhensifs, ils savent que bientôt je leur apporterai un petit être né pour accomplir leur volonté.

Comme je le souhaitais, Daniel est rentré, après avoir passé trois mois en Angleterre. Mais – et il m'en coûte de l'écrire – j'ai enfin découvert ce qui le poussait à y retourner sans cesse : il a une maîtresse là-bas. Il me l'a dit lui-même. J'étais sûre qu'il plaisantait : quelle femme pourrait rivaliser avec moi ? Pourtant, c'était la vérité. D'abord amusée, j'en ai été horrifiée, puis furieuse. Il connaît cette autre femme, dont il refuse de me donner le nom, depuis l'adolescence, mais leur aventure a commencé il y a à peine six mois, juste après le début de ma grossesse. Les mots me manquent pour exprimer à quel point je suis choquée. J'ai du mal à croire que Daniel ait pu garder un tel secret si longtemps : cela signifie qu'il est bien plus puissant que je ne le pensais. Comment est-ce possible ?

Que faire maintenant ? Il va sans dire que cette femme doit être éliminée. Daniel m'assure que tout est fini entre eux, qu'il est revenu auprès de moi pour le bien du bébé, mais cela ne suffit pas. Il refuse de partager mon lit et il m'a juré qu'il ne ferait plus semblant d'être un mari aimant. Comment pourrais-je supporter une telle situation ? Je dois briser sa détermination et le lier à moi pour toujours...

- SB

Hans s'est arrêté alors que nous étions à plus d'un kilomètre de chez Selene.

— Qu'est-ce que tu fais ? ai-je lancé. On n'a pas de temps à perdre ! Si Selene a enlevé Mary K...

— Je sais. Mais tu dois d'abord envoyer un message télépathique à Alyce et Ada. Dis-leur de contacter le Haut Conseil pour qu'il nous envoie des renforts le plus vite possible.

— Est-ce que je leur demande de nous rejoindre ? En unissant nos forces...

— C'est inutile. Elles ne sont pas de taille. Toi non plus, d'ailleurs. Sauf que nous n'avons pas le choix : c'est toi qu'elle veut.

— Je serai à la hauteur, ai-je affirmé sans être vraiment sûre de moi. Si elle a touché ne serait-ce qu'à un cheveu de Mary K...

— Surtout, sers-toi de tes pouvoirs, m'a-t-il coupée. Et de ce que tu as appris d'Alyce. Il faut que tu prennes conscience de la puissance qui t'habite. Selene va tenter de t'intimider, de t'effrayer avec des illusions : ne la laisse pas faire.

— Compris, ai-je murmuré d'une voix tremblante.

Il n'était que cinq heures lorsque nous sommes arrivés devant la maison. Pourtant, il faisait déjà nuit. Je pensais à Mary K., ma petite sœur adorée. Et j'espérais qu'il ne lui était rien arrivé…

J'ai pris la robe de ma mère, sa baguette et son athamé dans le coffre : il fallait que je mette toutes les chances de mon côté. Hans s'est détourné et je me suis déshabillée en vitesse pour enfiler la tunique.

En nous approchant de la maison, nous avons aperçu la Jaguar verte. Une sorte de nuage de magye noire enveloppait le bâtiment. Terrifiée, j'ai tenté de me détendre et de garder mon calme.

Sans avoir eu besoin de nous concerter, Hans et moi nous sommes arrêtés en même temps pour tisser autour de nous des sorts d'illusion et de dissimulation. Les sorts d'Alyce me venaient facilement, comme si je les avais étudiés pendant des années. En d'autres circonstances, j'aurais été fière de moi, mais, dans le cas présent, je n'étais pas sûre que Selene serait dupe. Elle était si puissante…

— Comment a-t-elle réussi à entrer ? ai-je chuchoté. Je croyais que le Conseil avait scellé la maison…

— On a fait de notre mieux, tu sais. Mais Selene a des pouvoirs et des compétences qui nous dépassent... La question est de savoir comment nous, on va rentrer.

— Suis-moi.

Sans attendre sa réponse, j'ai fait le tour du bâtiment en essayant de rester dans les ombres projetées par la haie. Nous sommes arrivés au pied de l'escalier extérieur qui menait à la chambre de Nicolas.

— Nous avons scellé toutes les entrées, m'a rappelé Hans.

— Je sais. Mais tu peux facilement annuler tes propres sorts. Et je ne pense pas que Selene s'attende à ce que nous entrions par ici.

Tout en grimpant les marches, j'ai déployé mes sens pour guetter la présence de ma sœur et de Selene. Je ne sentais rien, mis à part une inquiétude douloureuse au fond de moi et la nausée qui menaçait de m'emporter. L'atmosphère fourmillait de magye noire.

Devant la porte, j'ai fermé les yeux pour me concentrer. Petit à petit, j'ai forcé la magye à se révéler et, sort après sort, des runes ont commencé à miroiter sur la porte. Sans savoir comment, j'ai reconnu les plus anciennes, celles de Nicolas, comme s'il avait signé ses sorts.

J'ai également compris que ces sorts avaient été annulés – par le Haut Conseil, certainement – grâce à de nouvelles runes, des imbrications compliquées qui luisaient distinctement dans la nuit.

Les plus récentes – des sceaux sombres et acérés – tissaient des sorts d'illusion et de répulsion : la marque de Selene. Elle avait utilisé un alphabet runique ancien et le simple fait de voir ces caractères peu familiers augmentait ma peur.

— Bien, a soupiré Hans avant de se mettre à neutraliser les différentes couches de sorts, une par une.

Grâce à des incantations, il détruisait leur effet et dispersait leur énergie négative. Pendant ce temps, je devais rester concentrée pour que les runes demeurent visibles. L'effort me donnait mal au crâne mais j'ai tenu bon.

Après avoir annulé le dernier sceau, Hans n'a eu qu'à lancer un sort de déblocage pour déverrouiller la porte. Nous avons échangé un regard, puis nous sommes entrés. J'ai eu un pincement au cœur en revoyant cette chambre familière où Nicolas et moi avions partagé tant de choses ensemble.

En faisant le moins de bruit possible, Hans et moi avons fouillé la pièce, en vain. Lorsque nous avons gagné l'escalier principal pour rejoindre le premier étage, je n'ai pu contenir un mouvement de recul : la présence de Selene était soudain insupportable, sombre et malsaine. La magye noire imprégnait chaque objet, chaque recoin de cette maison, comme si l'air lui-même était contaminé. Une nouvelle fois, la peur s'est insinuée en moi, et j'ai dû la combattre de toutes mes forces pour ne pas m'asseoir dans un coin en pleurant comme une gamine.

— Rappelle-toi, m'a chuchoté Hans en me caressant la joue. La peur est l'une de ses armes. Ne la laisse pas t'envahir. Suis ton instinct.

«Mon instinct?» ai-je pensé, prise de panique. Nous savions tous les deux qu'il n'était pas fiable, qu'il m'avait déjà trompée. Sans répondre, je l'ai suivi dans l'escalier. Même si le contact de l'athamé et la baguette dans mes mains me rassuraient, j'étais contente que Hans soit à mes côtés.

Au premier, nous n'avons rien trouvé non plus : le sol poussiéreux ne portait aucune empreinte à part les nôtres. Bien sûr, cela ne voulait rien dire. Cependant, alors que je passais près de la fenêtre de la dernière chambre, j'ai soudain frissonné : Nicolas. Nicolas s'était tenu là, une bougie à la main. Le soir où j'avais aperçu une lueur. Ses traces étaient encore perceptibles.

Hans m'a rejointe et a hoché la tête. Lui aussi, il l'avait senti. Puis il m'a prise par le bras pour m'entraîner dans l'escalier majestueux garni de tapis moelleux qui menait au rez-de-chaussée. Là, la présence de Selene était plus oppressante encore. «Évidemment, me suis-je dit. Elle est dans sa bibliothèque secrète.»

J'y étais entrée une fois, par hasard, mais ni Hans ni les autres membres du Haut Conseil n'avaient réussi à ouvrir la porte. En fait, ils n'avaient jamais trouvé l'entrée dérobée.

Cette fois, ce serait différent. Nous y arriverions sans problème précisément parce que Selene nous attendait, ai-je soudain compris. Puisqu'elle n'avait pas réussi à pénétrer dans mon esprit, elle avait enlevé ma sœur pour m'attirer dans sa toile. Et maintenant, j'étais à sa merci, comme elle l'avait prévu.

J'étais morte de trouille. Même si j'avais été une sorcière confirmée, j'aurais eu une peur bleue de l'affronter. Et même si tous les membres du Haut Conseil nous avaient accompagnés, je crois que cette terreur m'aurait paralysée. Cependant, nous n'étions que deux, Hans et moi, et je n'étais qu'une sorcière débutante, certes douée, mais inexpérimentée.

J'ai jeté un œil à Hans, et mes yeux se sont remplis de larmes. Je paniquais complètement. Hans m'a agrippé l'épaule et m'a regardée droit dans les yeux :

— N'aie pas peur, m'a-t-il ordonné d'un ton sec.

Plus facile à dire qu'à faire. Toutes les cellules de mon corps ne pensaient qu'à une chose : fuir. Seule l'image de ma pauvre sœur prisonnière me retenait.

Viens, Morgane.

Selene. La voix de Selene venait de résonner dans ma tête. À voir l'expression inchangée de Hans, il n'avait pas entendu.

— Selene, ai-je murmuré. Elle sait que je suis là.

Le visage de Hans s'est durci. Il s'est penché vers moi et m'a embrassée au coin des lèvres.

— On peut y arriver, Morgane. Tu peux y arriver, m'a-t-il chuchoté.

En arrivant dans le couloir, nous avons remarqué que la poussière sur le parquet portait des marques : des traces de pas suivies de larges traînées, comme celles laissées par le bord d'une cape ou d'une couverture.

Je me suis dirigée vers la cuisine. Au milieu du couloir, je me suis figée et j'ai regardé vers la droite. La porte se cachait quelque part par là, je le savais. Derrière se trouvait la bibliothèque secrète de Selene.

16.

Selene

Juin 1982

La Déesse en soit louée, mon petit garçon est enfin là. C'est un gros bébé parfait, qui a les cheveux fins et noirs de sa mère et de drôles d'yeux couleur ardoise qui changeront de couleur plus tard. Deux autres sorcières m'ont assistée pendant l'accouchement. L'accouchement ! Par la Déesse, je ne me doutais pas que c'était si douloureux. J'ai eu l'impression qu'on m'écartelait, que je donnais naissance à un nouvel univers. J'ai essayé d'être forte, mais j'admets que j'ai crié, que j'ai pleuré même. Quand j'ai enfin tenu mon fils dans mes bras, mes larmes de douleur se sont transformées en larmes de joie. Il n'y a pas de magye plus puissante que celle de l'enfantement.

Son baptême aura lieu la semaine prochaine. Sgàth sera son nom de sorcier. Sgàth signifie « ténèbres » – de douces ténèbres, comme ses cheveux.

Daniel n'a pas assisté à la naissance. Il est bien trop faible. Il se lamente sur son Angleterre natale et la maîtresse qu'il y a laissée. Enfin, notre enfant le remplit de joie. Peut-être que, grâce à lui, Daniel trouvera son bonheur auprès de moi.

Maintenant que le bébé est né, j'ai hâte de rejoindre Amyranth. Ces derniers mois, le cercle a œuvré au pays de Galles et en Allemagne, pendant que je rongeais mon frein. J'éprouve une satisfaction intense à l'idée que Nicolas grandira au sein d'Amyranth : il sera le fils du cercle autant que le mien. Lui, mon instrument, mon arme.

- SB

Même si elle nous attendait, Selene ne nous a pas facilité la tâche : il nous a fallu plusieurs minutes pour trouver les contours invisibles de la porte. Je les ai localisés grâce à un sort de révélation d'Alyce et à mon athamé.

Pendant que Hans dissipait les sorts de dissimulation et de verrouillage, je devais rester concentrée pour lui transmettre une partie de mon pouvoir. Je ressentais la magye de Selene comme autant d'aiguilles plantées dans mon corps, mais l'idée que ma sœur était en danger me donnait de la force.

Quand enfin Hans a réussi à ouvrir la porte, j'ai eu l'impression que plusieurs heures s'étaient écoulées. Une vague de ténèbres malsaines a soudain déferlé sur nous, tentant de nous inspirer à l'intérieur. Par réflexe, j'ai reculé d'un pas, lançant sort après sort de protection contre le mal, en plus de tous ceux dont Hans et moi nous étions déjà entourés. Puis j'ai entendu le rire de Selene, doux et sombre comme du velours noir. Alors j'ai pris mon courage à deux mains et je suis entrée dans sa tanière.

La pièce était plongée dans l'obscurité. Seuls quelques cierges noirs plus hauts que moi diffusaient un peu de lumière ici et là. Je savais, pour être déjà venue une fois, que les murs étaient tapissés d'étagères garnies de livres, qu'un canapé en cuir et un grand bureau occupaient le centre de la pièce et que plusieurs vitrines abritaient des cristaux et autres pierres précieuses. La magye noire de Selene était palpable dans l'air, ses expériences et ses sorts interdits imprégnaient l'atmosphère.

Hans est entré derrière moi. Je sentais sa colère, son indignation devant un tel détournement de magye.

— Morgane !

La petite voix de Mary K. venait d'un recoin obscur. En déployant mes sens, je l'ai repérée : elle se tenait de l'autre côté, blottie contre le mur. Je l'ai rejointe tout en guettant la présence de Selene.

— Ça va ? lui ai-je demandé en m'agenouillant près d'elle.

— Je ne sais pas comment je suis arrivée ici, a-t-elle murmuré en posant sa tête contre mon épaule. Qu'est-ce qui se passe ?

Sa voix était pâteuse, comme si elle venait de se réveiller. J'avais trop honte pour lui avouer que Selene s'était servie d'elle comme appât, qu'elle courait un terrible danger à cause de moi. Je me suis contentée de lui répondre :

— Ne t'inquiète pas. On va te sortir de là.

Elle a hoché la tête avant de retomber dans une sorte de sommeil. Rien qu'en la touchant, je sentais qu'on l'avait ensorcelée pour qu'elle se montre docile.

Soudain, la colère s'est emparée de moi. Où était Selene ? Hans se trouvait toujours près de la porte, qu'il avait bloquée à l'aide d'un coffre en bois pour l'empêcher de se refermer. Il me fallait de la lumière. Une par une, j'ai allumé toutes les autres bougies de la pièce, par ma simple volonté ; les ténèbres ont disparu peu à peu.

— Bravo, a fait la voix de Selene. Alors, comme ça, tu es une fée du feu. Comme Bradhadair.

Bradhadair était le nom de sorcière de ma vraie mère, Maeve. En me tournant dans la direction d'où venait la voix, j'ai vu la silhouette de Selene sortir peu à peu de l'ombre d'une étagère. Elle était plus belle que jamais, avec ses cheveux couleur nuit et ses yeux dorés comme ceux de Nicolas.

Elle portait elle aussi sa robe de sorcière, une tunique de soie écarlate couverte de caractères qui appartenaient à l'alphabet ancien qu'elle avait utilisé pour sceller la porte. Alyce l'avait appris dans le seul but de pouvoir le reconnaître et le neutraliser : ces runes étaient maléfiques et ne pouvaient servir qu'à la magye noire.

— Morgane, je te remercie d'être venue. Je suis désolée d'avoir eu recours à de telles méthodes, mais tu ne m'as pas laissé le choix. Je t'assure que je n'ai fait aucun mal à ta sœur. J'espère que tu me pardonneras, a-t-elle susurré avec un sourire charmeur.

Du coin de l'œil, j'ai vu que Hans s'approchait, tentant de s'interposer entre elle et moi. Jadis, j'admirais cette femme, son pouvoir, sa beauté ; je voulais lui ressembler en tout point. Depuis, j'avais changé d'avis.

— Non, ai-je lâché.

— C'est terminé, Selene, a ajouté Hans d'une voix glaciale. Tu peux dire adieu à Amyranth.

« Amyranth ? Qu'est-ce que c'est que ça ? »

— Morgane ? a repris Selene en ignorant Hans.

— Non, je ne vous le pardonnerai jamais.

— Tu ne comprends pas très bien la situation, a-t-elle poursuivi d'un ton patient. Hans n'est qu'un faible, un sorcier mal conseillé. On se fiche bien de lui, pas vrai ? Il ne vaut rien. Mais toi... toi tu as un potentiel incroyable. Je t'offre l'opportunité de devenir la plus puissante des sorcières. Tu es l'une des rares qui soient dignes de nous rejoindre. Avec tes pouvoirs, et tes instruments, tu pourrais beaucoup nous apporter...

Instinctivement, j'ai resserré mon étreinte autour de mon athamé et de ma baguette.

— Non, ai-je répété.

Mes sens m'ont tout de suite avertie de la colère qui montait en Selene. L'instant d'après, j'étais pliée en deux, le soufflé coupé, terrassée par une douleur insupportable. Je me suis retrouvée à quatre pattes, étourdie, comme si on m'avait éventrée.

— Morgane ! a crié Hans.

Je l'entendais à peine. Je vivais un instant de torture insupportable qui me coupait du reste du monde.

C'était une illusion. Mon cerveau le savait, mais mon corps, lui, l'ignorait et se tordait de douleur. En levant la tête, j'ai vu que Selene souriait, comme si elle se félicitait de me voir agoniser.

— Morgane, reprends-toi ! a lancé Hans. Lève-toi ! Tu es plus forte que ça !

« C'est une illusion », me suis-je répété. J'avais l'impression d'être en train de mourir. Mais j'étais Morgane, de Kithic et de Belwicket. Dans mes veines coulaient le sang, la puissance ancestrale des sorciers Woodbane.

« Je n'ai pas mal. Je n'ai pas peur. »

Doucement, je me suis relevée, serrant mes instruments dans mes poings. Oui, *mes* instruments. Ils n'appartenaient plus à Maeve. Plus maintenant.

« Je ne suis que force. Puissance. Et magye. »

J'ai regardé Selene droit dans les yeux et, l'espace d'un court instant, j'y ai lu de l'inquiétude. Non, plus que de l'inquiétude. De la peur.

Soudain, elle s'est tournée vers Hans et a tendu la main vers lui. Je m'attendais à ce qu'elle lui lance une boule de feu bleu, mais je n'ai rien vu de tel. Il a aussitôt levé les mains pour tracer des sceaux dans l'air. Même si je ne voyais rien, je comprenais à l'expression de Hans qu'elle essayait de lui infliger la même torture qu'à moi. Il résistait.

Nous ne pouvions nous contenter de nous défendre. Il fallait la battre, la neutraliser d'une façon ou d'une autre. J'ai passé en revue les connaissances d'Alyce : rien ne me semblait convenir.

Hans a alors sorti le braigh, la chaînette en argent qui, une fois passée aux poignets d'un sorcier, l'empêche de se servir de la magye.

Nullement impressionnée, Selene a juste jeté un regard méprisant à Hans et s'est dirigée vers moi.

— Morgane, sois raisonnable, m'a-t-elle conseillé. Rappelle ton chien de garde. Tu as le potentiel pour devenir une des plus grandes sorcières de tous les temps : tu es une vraie Woodbane, une Woodbane pur sang. Tu ne peux plus nier ton héritage. Rejoins-nous.

— Non, Selene.

J'ai invoqué la magye, fredonnant mon chant de pouvoir.

Le beau visage face à moi s'est soudain crispé, et je me suis rappelée à qui j'avais affaire. Le Haut Conseil la recherchait depuis des années et la soupçonnait d'être impliquée dans une série de meurtres de sorciers. Je tentais de garder mon calme, mais j'espérais qu'une brigade envoyée par le Conseil allait faire irruption dans la pièce pour nous aider. Nous étions venus seuls. C'était de la folie. Pire, c'était stupide.

Hans s'est avancé vers elle. Ses lèvres murmuraient une incantation et ses yeux lançaient des éclairs : il commençait le sort d'entrave qu'il utilisait en tant que Traqueur. Manifestement agacée, Selene s'est contentée de lever la main. Hans s'est arrêté net, l'air étonné. Puis il a recommencé son incantation, et elle l'a de nouveau arrêté.

J'ai tenté de voir ce qui se passait. En fermant les yeux, j'ai perçu les barrières que dressait Selene et que Hans essayait d'outrepasser, mais il n'était pas assez rapide. J'ai aussi discerné les premiers rubans de pouvoir que j'avais appelés. Ils se dirigeaient vers moi, prêts à m'emplir de leur magye. J'allais les accueillir lorsque Selene m'a interrompue :

— Morgane, tu ne veux pas savoir la vérité sur la mort de ta mère ?

17.

Confrontation

Yule, 1982

La maison est décorée de branches d'if, de houx et de gui. Des bougies rouges brûlent aux quatre coins de la maison et leurs petites flammes attirent le regard de Nicolas. Ses yeux ont pris une couleur dorée, comme les miens.

J'ai découvert que la maîtresse de Daniel avait accouché d'un garçon, le mois dernier. Elle l'a appelé Giomanach, Chasseur, en gaélique. Daniel doit la protéger par sa magye car je n'arrive pas à la localiser. Il faut que je me débarrasse d'elle, et de son bâtard. Je vais demander l'aide d'Amyranth. Je ne sais comment décrire mes émotions : je me sens à la fois humiliée, désespérée et furieuse. Si j'étais vraiment forte, je tuerais Daniel pour ce qu'il m'a fait.

Mais j'en suis incapable. Que la Déesse me vienne en aide, je ne peux m'empêcher de l'aimer, malgré sa trahison. J'en suis malade.

Ma seule joie me vient de mon fils, ce petit être si parfait. À six mois, il dépasse toutes mes attentes. Je lis dans ses yeux de bébé une sagesse et une soif de connaissance infinies. Quand il me sourit, j'en oublie tout le reste. Pour moi comme pour la Déesse, Yule est une période de ténèbres et de lumière.

- SB

« Elle est prête à utiliser toutes les ruses contre toi », ai-je pensé.

— Je sais parfaitement comment ma mère est morte, ai-je rétorqué, sentant la magye m'emplir toujours plus. Elle et Angus sont morts brûlés vifs. C'est Ciaran, son mùirn beatha dàn, qui les a assassinés.

Un éclair de surprise a traversé son regard. Puis j'ai senti qu'elle projetait sa magye noire vers moi. Avant que ses sorts ne m'atteignent, j'ai dressé mes barrières magyques. J'avais envie de rire tant c'était facile.

Mais Selene avait bien plus d'expérience que moi. Elle savait comment mener un combat.

— Tu ne vois que ce que Hans veut bien te laisser voir, a-t-elle déclaré soudain d'un ton effrayant. Voilà des semaines qu'il te manipule. Regarde-le ! Contemple son vrai visage !

Bêtement, j'ai jeté un œil vers lui.

— Ne l'écoute pas ! a-t-il rugi en s'avançant vers moi d'un pas chancelant.

J'ai alors vu de mes propres yeux le Hans que je connaissais se métamorphoser : les traits de son visage se sont épaissis, sa mâchoire s'est affirmée et ses lèvres ont pris un rictus cruel. Ses yeux se sont enfoncés dans leurs orbites et sa peau s'est recouverte d'étranges lignes blanches. Sa bouche s'est déformée en un sourire carnassier et même ses dents m'ont semblé différentes, plus pointues. Hans n'était plus qu'une caricature maléfique de lui-même.

Profitant de ma surprise, Selene a alors frappé.

— An nahl nath rac ! a-t-elle crié en lançant un éclair bleu vers Hans, l'atteignant à la gorge.

Les yeux écarquillés, il a porté les mains à son cou avant de tomber à genoux.

— Hans ! ai-je hurlé.

Il avait toujours cette horrible apparence. J'avais beau savoir que c'était une illusion de Selene, je ne pouvais m'empêcher de me sentir révulsée, à ma grande honte. J'étais censée me faire confiance, suivre mon instinct, mais tout le problème était là : mon instinct m'avait déjà trompée par le passé.

Selene s'avançait maintenant vers moi, marmonnant de sombres incantations. Malgré moi, j'ai reculé, et la panique m'a fait perdre tous mes moyens. J'avais commis une erreur fatale : Hans était blessé et Mary K. se trouvait à la merci de Selene. Quant à moi, j'allais mourir.

J'ai senti les premiers picotements des sorts de Selene contre ma peau, comme si j'étais cernée par un essaim d'insectes noirs. J'avais l'impression que des centaines d'aiguilles me perforaient les membres, tandis qu'une brume grisâtre se levait à la limite de mon champ de vision. J'ai compris qu'elle allait m'enfermer dans un carcan de souffrances. Et j'étais impuissante.

Non ! Pas ma fille.

J'ai entendu distinctement dans ma tête une voix à l'accent irlandais : c'était Maeve, ma mère. *Non ! Pas ma fille !* a-t-elle répété.

J'ai pris une grande inspiration. Je ne pouvais pas laisser Selene triompher. J'ai essayé de me concentrer, d'appeler la magye à moi et de m'en emplir. « Je suis la magye. Toute la magye qui m'entoure n'attend qu'une chose : que je me serve d'elle. » Je me suis redit ces phrases jusqu'à ce qu'elles semblent appartenir à mon chant de pouvoir. Des mots anciens ont franchi mes lèvres et j'ai écarté les bras avant de tournoyer sur moi-même.

— Menach bis, ai-je articulé.

Les formules s'échappaient de moi, portées par une voix que je ne reconnaissais pas, une voix d'homme. Celle d'Angus, peut-être ?

— Allaigh nith rah, ai-je poursuivi. Feard, burn, torse, menach bis.

Je tournais de plus en plus vite, tissant un sort parfait, un sort qui me protégerait, arrêterait Selene, aiderait Hans et veillerait sur Mary K. J'avais l'impression de voir dans l'espace une figure géométrique sublime : je discernais les lignes du sort, ses formes, ses intersections et ses limitations. Une figure faite de lumière, d'énergie, de musique. Elle prenait corps autour de moi dans la pièce, renforcée par chacune de mes paroles.

Tandis que je tissais mon sort, j'ai aperçu une silhouette se profiler derrière Selene : Nicolas. En l'entendant arriver, elle s'est tournée vers lui.

— Maman, a-t-il lâché d'une voix claire et forte.

Ni son ton ni son attitude ne me permettaient de savoir s'il était venu pour m'aider ou, au contraire, pour assister sa mère.

Peu importait, je n'avais pas de temps à perdre. La magye crépitait autour de moi comme autant de lucioles papillonnant dans l'air. Puis les petites lumières ont filé vers Selene. Au fond de moi, je sentais la joie et la fierté d'avoir pu lancer un tel sort, d'être si forte. Avec mes mots anciens, je plaçais mes petits lumières magyques autour de mon ennemie, et je la prenais au piège.

J'ai soudain compris ce que j'étais en train de faire : je reproduisais la cage de feu et de glace qui avait emprisonné Angus et Maeve. Et j'étais bien trop prise par la magye pour me demander d'où me venait ce sort, qui ne m'avait pas été transmis par Alyce.

Je n'avais jamais rien vu d'aussi magnifique, d'aussi terrifiant, comme une étoile qui explose en supernova avant de mourir. L'émotion était si forte que j'ai senti les larmes couler sur mes joues, tels des cristaux de sel purifiant.

— Non ! a soudain hurlé Selene. C'est impossible !

La cage de cristal qui l'entourait s'est brisée en mille morceaux, puis Selene s'est avancée vers moi, sombre silhouette drapée de ténèbres.

Je n'avais pas l'expérience pour éviter, dévier ou contrer son attaque. J'ai regardé impuissante le nuage noir se former autour d'elle puis filer vers moi, et j'ai su que j'allais connaître ce que l'on ressent lorsque l'âme quitte le corps.

À cet instant, une forme a bloqué ma vision et, comme dans un film au ralenti, j'ai vu Nicolas stopper l'attaque de Selene. Il a absorbé en lui le nuage avant de tomber au sol. Ses yeux avaient déjà cessé de voir. Le sort de Selene avait aspiré son âme.

Maintenant j'étais fixée : il était venu m'aider.

Une seconde plus tard, Selene était penchée sur lui, le frappant pour qu'il réagisse, pour le ramener à la vie. J'observais la scène sans comprendre.

— Sgàth ! criait-elle d'une voix à peine humaine. Sgàth ! Reviens !

Sa plainte contenait toute la douleur du monde. Son fils était mort, de sa main.

Lorsque Hans m'a rejointe en titubant et m'a pris la main, je ne savais plus quoi faire. Il avait retrouvé son apparence normale, malgré sa pâleur extrême et ses traits tirés.

— Maintenant, a-t-il ordonné d'une voix rauque.

J'ai retrouvé mes moyens et mon cerveau s'est remis en marche. Hans et moi avons profité de la peine de Selene pour unir nos pouvoirs contre elle.

Une nouvelle fois, j'ai créé cette cage de lumière magnifique. Hans a passé le braigh autour des poignets de Selene, qui s'est soudain mise à hurler de douleur. J'ai reculé devant ce spectacle terrible : le cadavre de Nicolas, la douleur de sa mère, ses cris incessants tandis qu'elle essayait d'enlever la chaînette.

Tout à coup, elle s'est calmée et, les yeux révulsés, elle a entonné un chant guttural. Le braigh a commencé à se dissoudre, puis a disparu tout à fait.

— Morgane ! a lancé Hans.

Je me suis dépêchée de faire retomber ma belle cage de lumière magyque sur elle.

J'ai eu l'impression de regarder un papillon de nuit prisonnier d'un verre. Selene s'agitait frénétiquement, hurlant cette fois de colère. Au bout d'une minute, sa rage s'est apaisée : ses cris ont diminué, ses gestes se sont calmés. Elle s'est recroquevillée, comme pour se préserver de la douleur.

Hans avait l'air choqué, horrifié, mais son expression reflétait la satisfaction du devoir accompli. Il respirait bruyamment et son visage était couvert de sueur.

— Allons-nous-en, a-t-il suggéré d'une voix tremblante. Cet endroit est maudit.

J'étais figée sur place, les yeux rivés au visage de Nicolas – son visage si beau, que j'avais tant aimé, tant embrassé. Je me suis accroupie et j'ai caressé sa joue. Hans n'a rien fait pour m'en empêcher.

J'ai frissonné : sa peau commençait déjà à se refroidir. Soudain, j'ai éclaté en violents sanglots. Je pleurais parce que Nicolas était mort, parce qu'il m'avait donné une illusion d'amour, parce qu'il avait sacrifié sa vie pour moi, parce que nous aurions pu être heureux ensemble si Selene ne l'avait pas façonné à son image.

Je ne sais trop comment décrire ce qui s'est passé ensuite. Hans s'est mis à crier et, quand je me suis retournée, des larmes plein les joues, Selene s'était relevée, les mains tendues devant elle. Je voyais les brûlures de ses poignets, mais le braigh avait disparu. Elle nous fixait d'un regard assassin. Puis elle s'est effondrée, les yeux clos, tandis qu'un petit nuage de vapeur s'échappait de sa bouche.

Hans a crié une nouvelle fois avant de m'écarter. Le petit nuage a voleté vers la fenêtre, puis il a disparu. Selene gisait sur le tapis, inerte. Hans s'est approché d'elle et a posé sa main sur son cou.

— Elle est morte, m'a-t-il annoncé.

— Par la Déesse..., ai-je soufflé.

J'étais complice de la mort de Selene... et de celle de Nicolas. J'étais une meurtrière.

— C'était quoi, ce petit nuage? ai-je demandé, le souffle court.

— Je ne sais pas. Je n'avais jamais vu ça.

— Morgane?

La voix de ma sœur nous est parvenue depuis le fond de la pièce. Je me suis secouée et je l'ai rejointe. Assise par terre, elle scrutait la pièce sans comprendre.

— Qu'est-ce qui se passe? Où est-ce qu'on est? a-t-elle demandé en se relevant.

— T'inquiète pas, Mary K., l'a rassurée Hans. Tout va bien. On s'en va de là.

Il l'a maintenue contre lui jusqu'à la porte,

l'empêchant de voir les corps de Selene et de Nicolas. Je les ai suivis, tentant de ne pas regarder en arrière. Une fois dans le couloir, Hans a jeté un sort sur la porte de la bibliothèque pour qu'elle ne se referme plus jamais. Puis nous nous sommes retrouvés dehors, dans les ténèbres et le froid d'une nuit d'hiver.

Alors que nous descendions les marches du perron, Ada est arrivée, accompagné d'un homme corpulent aux cheveux gris. Hans s'est dirigé vers lui : ce devait être un membre du Conseil.

Je me suis assise sur les marches, incapable de repenser à ce qui venait de se produire. Je me contentais de tenir la main de ma sœur, et de réfléchir à ce que j'allais raconter à mes parents. Mais toutes les versions auxquelles je pensais commençaient invariablement par la même phrase : « Tout cela est arrivé parce que je suis une sorcière. »

Retrouve vite Morgane
dans le tome 7 de la série

Magie Blanche

(à paraître en septembre 2007)

Table

Cet ouvrage a été composé par
PCA - 44400 REZE

Impression réalisée sur Presse Offset par

CPI
Brodard & Taupin

La Flèche (Sarthe), le 06-06-2007
N° d'impression : 40642

Dépôt légal : juin 2007

Imprimé en France

POCKET jeunesse

12, avenue d'Italie
75627 PARIS Cedex 13